本色文丛 · 于晓明 主编

微阅读

朱晓剑／著

海天出版社（中国·深圳）

图书在版编目（CIP）数据

微阅读 / 朱晓剑著. — 深圳 : 海天出版社,
2014.11
（本色文丛）
ISBN 978-7-5507-1045-0

Ⅰ. ①微… Ⅱ. ①朱… Ⅲ. ①日记—作品集—中国—当代 Ⅳ. ①I267.5

中国版本图书馆CIP数据核字(2014)第071628号

微阅读
WEI YUEDU

深圳出版发行集团
海天出版社

出 品 人 陈新亮
策划编辑 于志斌
责任编辑 陈 嫣 张小娟
责任技编 蔡梅琴
装帧设计 王 璇
书名题签 嵇贾孜

出版发行 海天出版社
地 址 深圳市彩田南路海天综合大厦（518033）
网 址 www.htph.com.cn
订购电话 0755-83460293（批发） 83460397（邮购）
设计制作 深圳市龙墨文化传播有限公司（0755-83461000）
印 刷 深圳市新联美术印刷有限公司
开 本 787mm × 1092mm 1/32
印 张 6.75
字 数 120千
版 次 2014年11月第1版
印 次 2014年11月第1次
定 价 35.00元

朱晓剑，书评人，随笔作家，人文观察者，成都文学院签约作家。2013年被国家新闻出版广电总局推荐为首届全国“书香之家”。在《今晚报》《信息时报》《天津日报》《安庆晚报》等十多家媒体开设专栏，2009年获得阿拉善SEE协会生态写作入围奖。参与编辑著名人文电子杂志《天涯读书周刊》、《三流生活周刊》。其中，《天涯读书周刊》被誉为民间读书电子杂志第一刊，《三流生活周刊》以新锐的观点、朴素的文字风格被称为是生活的观察家。近年来，出版有《写在书边上》、《舌尖风流》、《书式生活》、《书店病人》、《后阅读时代》等书。

自　序

日记断断续续写了多年，有时候，也不完全是日记，只是工作日志的缩影。原本，写日记是为了个人记录，拿出来“晒”一下，有没有必要？这可真是不大好说的事情——我是说，对我而言，写这样零散的记录，不过是提醒自己，少一点遗忘。

但即便如此，还是觉得可以拿出来的，还是浅陋了一些，别的不说，就识见来说，比我高明的人多了，就文化圈来说，自己也只是个旁观者，虽然身居在城市，也想着能记录许多有意思的事，但似乎总不是自己想要的那种状态。

有时候，是有那么一点惶恐的。生怕拿出来的日记不够分量，读者读了未必够知己。卖弄，在我，那倒大可不必。原本就自己的一点爱好，拿出来，分享而已。

也曾断断续续地读了一些人的日记。总的感觉是很美好的事，但因为记录的差异，也使日记这个题材内容很丰富。即便是一件事、一本书，在一个人看来，不同的时间里，也会有所差异的。这样的记录，可以看作心路历程。

我猜，这也是一种微历史。它可能不够宏大，讲述的故事、记录的人事都很实在，没有缥缈的感觉。但即便如此，对日记的看法依然不能保证是没有偏颇。是的，日记所承载的内容太丰富了。

读一卷日记，看一段人情世故。我想，在每个日记里应当都隐藏着一种情怀，在文字间，那语气，那轻松的氛围，都该是有点意思的——或欣喜或悲伤，这都没有什么要紧，关键是在日记中能不能读到那一种作者所称许的生活方式，它未必为人称道，也未必符合大众的审美情趣，却自有价值在。

阅读，不仅是看书，观影赏乐也是的，哪怕是生活都是适合阅读的。有时候，我们把自己局限于某一个狭小的空间，抬头望天，看的天空自然不是广阔的，云彩不是无边的。坐井观天，大致也是这样一层意思。

这么着，阅读就是增加识见的过程。在常识、知识间流连，寻找一点性情，打望一下城市、乡村，不过是想把视野延展的更深远一点。所谓日记，是不是也有这样的功效，我不大确定，但我知道的是，在阅读这个领域是无止境的。

也正因如此，阅读的意义，也就有了更多的内涵。这里的阅读即定义为广义上的阅读，光影岁月，匆匆来去，我们能留下的是记忆，让人找到一点曾经生活的印记。

日记并非生活的全部，这里记录的不管是阅读，还是生活，只是日常的一部分。那些被过滤的东西是不是已经缺失了其价值。在某一个时间段看，确实是那么回事，但它不会在记忆里那么快消失吧，也会偶然从思想的深处跳出来，让我们看见它的光芒。

坦率地说，这日记中亦隐藏着一种“势利”，在《势利》一书中，作者说，所有那些欢愉，包括肉欲的，都被苏格拉底视为精神追求的累赘，富有价值的心灵应该对更高级的事物感兴趣，集中在思想和意义以及闪亮的真理之上。同样，“某人是不是一位绅士，指的是他的性格而不是阶级”。

那么，在这日记中所呈现出来的特质是不是一种优雅，我是不大确知的。但有一点是可以肯定的，这样的阅读会依然继续，让生活呈现出它的样貌来，或许才是最为重要的。

也许记日记者都是收藏爱好者。在我看来，收集温暖和古静的事物，本身就是一种生活趣味，它们尽管微小，不引人注目，或者也不能带给我们更多的身心愉悦。

在博客上曾记录这样的微阅读。这次出版，还是去芜存菁，对文字重新做了梳理和校订，以期更符合阅读的习惯。在这一点上，花费的时间很多，是因为在修订过程中，记录它们的场景恍如就在昨天，在眼前出现这样那样的场景，我不太确定哪一种更符合当时的状态，就择一而从吧。

最后，感谢于晓明兄的盛情邀请，《微阅读》得以加盟这套日记中来。亦感谢家人的支持，这一年“在家工作”的状态不好也不坏，但这样的记录会一直持续下去。

不管如何，既然把这粗浅的文字交出来，就任凭读者诸君去任意评判了。

2012年6月25日下午，凉风细雨中

目录 Contents

卷一　微阅读

小　引

这里的微阅读不是跟风之作，虽然跟微书话一样，同样带有一个“微”字。也许更应该称为记录下些许的书情书事，舍弃了那许多故事性，好玩、有趣，或许是内容呈现出来的一种状态，这就像我们的生活那样，看上去琐碎，但仔细观察，亦有闪光点的。

但这并不像日记那样逐日记录，而其形态依然是属于日记的，通过这个“微”，想见识的是一个大千世界。坦率地说，读书日记并非一种方式的，而应该是多元的，可以片断，也可以逐日记录，唯求能反映出阅读的风貌。虽然如此，你在阅读的过程中，也许会注意到，这里出现的人物众多，他们身份各异，却几乎是有一个共同的爱好，即阅读。

这里，我想分享的是阅读的过程，对书的见解，至于其中的对与错，还是期待能跟更多的书友分享、交流。

2012 年 7 月 7 日下午

2011年日记

2011年1月8日　2010年度十大悦读书

《重新发现社会》，熊培云著。网络、微博等新媒体的出现，让更多的人越来越相信，公民社会的到来或许为期不远，但社会趋势的急速变迁使未来的社会发展充满了变数。与以往的学者观点不同，熊培云觉得是社会存在的更多的问题是“思想国”问题——那些我们平时难以触摸的理论。熊培云的所谓重新发现社会，他所发现的是个体的价值、创造的价值。这一价值所发挥的影响在于对公民的意识启蒙。

《国家记忆》，章东磐主编。历史是很容易消失，被误读的。影像能让我们回到“历史现场”，它告诉我们的本真是怎么样的一回事。随着对“历史现场”的挖掘，它让原本模糊的面目逐步呈现出来。相对于发生在20世纪抗战史的许多类似解读，这部“战场影像”以简单、直接、不虚华包装的方式，既可以为中缅印战区的相关口述史提供“比照”，以印证其真伪，也能给我们以足够的震撼。“读者接触这些黑白照片时，无可避免产生了与那个时代事件的某种联结，诱发了跨越时间的感情与好奇心”。

《苏联的心灵》，以赛亚 · 伯林著。伯林关于苏联的文论，为我们了解苏联时期俄罗斯的文化生活一般状况，以及知识分子的遭遇与命运，提供了非常珍贵的材料。伯林一生研究，几乎从未离开过启蒙、进步主义等一元论主题，而苏联正是一个一元论的巨大实验场。在这种情况下来看俄罗斯文化的流变，别有深意。对苏联或俄罗斯文化的不同解读，让我们从不同的侧面去给它存在的状况以种种审视，有时不是一堆结论，而是一种审视，一种启示。

《前朝梦忆》，史景迁著。个人历史与家国历史相互映照，无法切割。在戏说历史、白话历史盛行的时代，对历史的探寻或许更需要更多的视角。史景迁认为张岱不仅是史家，也是热爱历史的文人。他在所书写张岱的一生、内心转折及过往追忆的同时，更深层探讨张岱身为知识分子，是如何借由回忆以及修史确立自身的存在价值。在得与失之间，唯有捕捉消逝的回忆，以书写对抗遗忘，才能坦然面对，甚或抵抗世事的变迁与生命的无常；这一点，无疑反映了历史与书写的本质与关系。与此同时，在对历史的书写过程中，让人回归到它的本原状态，或许才能看清楚历史的真貌。

《1988：我想和这个世界谈谈》，韩寒著。作为赛车手的韩寒与作为小说作家的韩寒，角色差异很大，却可以交互，一如人的思想的复杂性。他用一部旅行车为载体，通过在路上的见闻、过去的回忆、扑朔迷离的人物关系等各种现实场景，以韩寒本人对路上所见、所闻引发自己的观点，这场真正的旅途在精神层面。他“试图用能给世界一些新意的眼光来看世界。试图寻找令人信服的价值”。这带来无可厚非的争议，但却让我们思考“80后”一代并非人们所想象的那样不堪，他们一样在探寻，路可能有些曲折，但其延伸处即有风景。

《三十年河东：权力市场经济的困境》，杨继绳著。改革开放三十多年来，其成功得失自然值得在今后的工作中借鉴。这里记录了改革开放三十余年来作者对中国经济变迁、体制问题等诸多问题的思考，同时，作者也忧心忡忡地指出了中国在未来下一个三十年要“走出光明的路子”需要注意的方方面面，杨继绳深邃的洞见远远超出了其文字的表达力和感染力。在今天，我们与其沉浸在欢乐的骄傲当中，倒不如去回顾这段岁月中，我们以怎样的代价换取了这些成绩。如此的见解让我们见识到一个知识分子的良知，以及为时代所奉献的良知。

《天工开物栩栩如真》，董启章。董启章所采用的是二声部的写法，一写“我”受挫于苦恋如真的失败，封闭在自己的世界里，借着一封封书信创造出少女“栩栩”，期望“栩栩＝如真”；以发报机、收音机等过去年代的寻常物事为线索，展示香港平凡人家的三代生活，是糅合了个人成长史、家族变迁史和香港百年发展史的一部大书。在能够阅读到的许多小说越来越缺乏“技术含量”的今天，这里却能令人找到了小说的“厚重感”。董启章说：“那是一种繁荣的衰落，一种膨胀的崩坏，一种丰足的贫乏，那就是自己成长的年代，香港的一体两面。”从不经意处出发，我们可以抵达一个未曾相识的香港。

《1Q84》，村上春树著。这部小说反映了村上春树于六十岁之年对生命的疑问与迷惑。对村上迷或不是村上迷，之所以能在这里找到共通点，是因为这些迷思同样困惑着我们，它不曾远去，“我想将这个时代所有世态立体地写出，成为我独有的‘综合小说’，超越纯文学这一类型，采取多种尝试。在当今时代的空气中嵌入人类的生命”。这看似大命题，在寻找的过程中却能让更多的人感悟到人生是怎么一回事，它或波澜起伏，或平淡如水，又有多大的差异呢？重要的是不管是怎么样的一种方式，人生不过如此。

《中国模式：经验与困局》，郑永年著。最近几年，中国模式已经成为媒体和社会传播的热门词汇。中国模式的简而言之是宽泛的，但那到底是什么，它如何发展而来，它的未来会怎样，却还鲜有深入透彻的系统研究。说实在话，这类的讨论弄不好就大而空，可读性缺缺，思想也未必有多高明。但郑永年以六十年为基点深入研究中国模式之症状，又能切中时弊，也就是说郑永年在文章里左顾右盼，东张西望，得寸进尺，小超前而不逾矩，知天命而不激愤，这有助于我们超越“左”、“右”的门户之见以及那种对政治问题视而不见、回避不谈的鸵鸟主义，真正客观而清晰的理解中国政治、政局、政策。

《中国在梁庄》，梁鸿著。在不断强调城市化进程、经济突飞猛进的今天，乡村所呈现的是怎样的一幅图景，在不同的时间、地点看到的景况迥异。农村留守儿童的无望，农民养老、教育、医疗的缺失，农村自然环境的破坏，农村家庭的裂变，新农村建设的留于“形式”……村庄的过去与现在、村庄所经历的欢乐与痛苦、村庄所承受的悲伤，都将慢慢地浮出历史的地表，让人看到一个真实的中国。对乡村的调查与关注在人类学家眼里能发现人类变迁的基因，亦能寻见历史文化之根由，但梁鸿所书写的梁庄不仅是一个象征物，也是现实的缩影。

2011 年 3 月 9 日　好书单 / 坏书单（一）

《保卫社会》，郑永年著。改革开放以后，中国在经济上、物质上均取得较大的成绩，但由于社会转型时期，这样那样的社会问题层出不穷。郑永年高声倡导“保卫社会”——政府应建立基本的社会制度，以保护人民的基本社会权利，促进社会的健康发育，避免转型期的社会问题演化成为社会危机，为中国的长期繁荣稳定奠定坚实的基础。社会的发展有赖于经济的腾飞，文化的复苏，从这个意义上看，我们距离最好的时代还有距离，而这正是我们所要保卫社会的最重要因素之一。

《辛亥：摇晃的中国》，张鸣著。今年是辛亥革命一百周年，各式各样的纪念纷纷出现。不过，在探讨辛亥革命的真相时，时人难免拿今天的眼光来看它。学者张鸣化繁为简，以老辣笔法，全景勾勒晚清民国大班底，追踪这场中国内部的革命，呈现革命的创世记与诸神谱，讲述对我们有特殊价值的一种重要真相。尚武中国，丛林之争，枪杆与笔杆，暗杀与炸弹，造反与经济，革命与保皇，立宪与新政，科举与学堂，里里外外，再现原态。说白了，真相，总在历史最深处，对待辛亥革命，我们还是以多种视角来审视为好。

《垂直极限》，梦枕獏著。梦枕獏的畅销小说《阴阳师》未曾拜读。不过，《垂直极限》却给人以无限的震撼，它讲述了 1924 年，英国著名登山家马洛里与同伴欧文挑战世界最高峰——珠穆朗玛峰，却在接近顶峰处突然失踪；1993 年，摄影师深町诚游逛在尼泊尔黑市，发现了一架疑似属于马洛里的相机，并与失踪多年的日本传奇登山天才羽生丈二不期而遇。至于谜底的揭开似乎永远不是最重要的，关键是在解谜的过程中能在小说中找到阅读的快感，这也是一种幸福。

《合江亭》，撒撒著。据资料介绍，合江亭，当代中国爱情地标。而《合江亭》是给中国人补“爱”的小说。书封上更是有不少名人的推荐，似乎不读不足以慰平生。小说讲述的是一段完美主义的中国式爱情，他和她为爱情不断付出，最后终获真爱的感人故事。甚至于作者发问：在物欲的年代，你还会因爱情而感动吗？但读完小说，并没有读出那种感动。对一部小说来说，或许有很多卖点，但对读者来说，读小说，绝不是寻求这所谓的卖点，而是在企图通过阅读，分享一段阅读的经验。

《拆掉思维里的墙：原来我还可以这样活》，古典著。每个青年大概都会遭遇就业的困境，如何才能在职场上不断攻城略地，似乎是再紧急不过了。古典说，这都不是问题，关键是拆掉思维里的墙，他给出的理由是，那些困惑背后，往往藏着一堵堵思维里的墙，阻碍着我们，把我们与美好的生活隔开了。解决之道则是，只需一点改变，你的人生也许就此大不相同。不过，不管人生如何设计，职场如何规划，如果仅仅是做规划，从来不考虑实际状况，大概也不会取得成功。因此，与其去拆西墙补东墙，倒不如去锻炼自己，多增加一份实力，在职场上就多一份自信了。

2011 年 3 月 11 日　好书单 / 坏书单（二）

《多情犯》，瓦当著。这里讲述因多情引发的一些事故和故事，又或者说多情是故事的高发区域，在这里形形色色的人物上场、故事上演，却总是随时出乎我们的意料。雪堂则说，如果把原装的婚姻生活称为 A 面，婚外寻租称为 B 面，那么真实是 A 面将要播放完时，B 面卡壳，断带，或者被查水货的一刀打口。本来没有故事发生，这就是真实。要让故事发生，这就是小说家。而关于瓦当的小说，有评论说，瓦当从来以坏为美，以诡辩为美，以忠厚为美，以木讷为美——以一切不合时宜为美。在这个以故事为有趣的时代，他始终以小说为美。

《记得》，董桥著。迷董桥的文字好多年了，能收齐的书一册都不落下，当然这不是简单的迷，而是在那文字中读出了一股民国风情，比花里胡哨的文字耐看。《记得》写自己所藏的新旧清玩，这些有生命、有故事在里头的文人宝贝：如梁启超的遗墨、王世襄的玉钗葫芦、张充和的书画、林青霞的新书……从故事里走出来的，是清玩，更是人物，淡淡地栖身古雅的人物。在这里，理想国是想象另一种可能，我们固然做不到他那样的清赏，却可以在文字中感受那温暖的氛围。

《一只雪猫的孤独午后》，权润珠著。绘本越来越受到大众的喜爱，自然有其道理的。作者在这本书中将自己化身为一个名叫“雪猫”的卡通人物，她善良、可爱、常常犯懒，和城市里的许多年轻人一样，总免不了被那些顾影自怜的小忧伤所扰。但是雪猫同时又是一个善于自我开解、宽容大方、容易满足的“猫”，总是有无比的勇气，面对问题。文字如絮语，图画似简笔，本书从形式到内容，无一不让人触动。雪猫会让人在她身上看到自己的影子，从而开始反观自己的生活，并从中找到足够多的温暖和欣喜，以及让人继续前进的力量。

《五十三个暴走族引发的战争》，王浩著。关于中日关系的发展史，似乎也没有更权威的定义和解读，不是问题有多复杂，而是两国关系的错综复杂，有时并不是我们想象的那么美好或恶劣，不管是哪一种解读都不是真正的中日关系史。王浩以小说的形式呈现出的中日的状况，虽然是在谈历史，却有着动漫的痕迹。小说不能解决历史的答案，更何况这也不是对历史最好的注脚，亦可能存在些许误读：五十三个东洋人，八十余日，奔袭数千里，涉足浙、皖、苏三省，攻掠州县二十多处，杀人千计，还一度叫嚣于明朝的留都南京，惹得人人自危、东南震动……

《创造贝因美——服务经济时代的公司革命》，陈惠湘著。随着产品过剩、资本过剩现象日益严重，人们的消费要求提高了。单纯追求产品价值的工业经济时代正在结束，以服务消费者为导向的服务经济时代已然到来。贝因美来回答这不是问题。现在谈论国内企业，动不动都是创新、革命之类的形容词，但实际上不是那么回事。《创造贝因美》看似新鲜的论调，不过是鼓吹一种思想：至于对创造性企业来说，有多少值得借鉴的价值，依然是一个未知数。

《肠子》，恰克 · 帕拉尼克著。冠以“邪典小说”以招徕读者，重口味，有媒体说“他综合了海明威的阳刚与古罗马讽刺诗人尤文纳尔的嘲讽”，并预言他会跻身文学巨匠之列。总之，他的“独创性”令他脱颖而出。几近废话，却被书评人反复引用，以此作为评价的唯一标牌，似乎过分了些。书后附有各色人等的读后感，却让人对小说的品位有了疑心，是不是说的那般好。更好玩的是，以《肠子》命名，全书却不见了这篇。

2011 年 5 月 13 日　读一点书，享受生活

《冷浪漫》，科学松鼠会著。这是一个“冷”时代，它涵盖了我们的日常生活，而《冷浪漫》所包括的色、爱、和、美、宅、酒说、新生、艺术等八个主题，花样繁多，最终指向一点。作者从物理、化学、生物、信息技术、音乐等不同学科视角出发，用专业化的知识、通俗化的语言对主题展开了别开生面的诠释，所呈现在你面前的是一个异彩纷呈的浪漫科学世界。

《荒木经惟的天才写真术》，荒木经惟著。摄影大师荒木经惟畅谈摄影，从不同的视角观察，多的是对艺术的痴迷。从相机与镜头的选择，如何构图、调焦距，快门（声）与闪光灯的摄影意涵等技术知识，到如何拍摄身边挚爱的人事物、照片日期的艺术、摄影家的特质、摄者与被摄者的关系等摄影哲学。高妙的摄影不在于技巧，而是因为随意，却又契合现场感。

《高处眼亮：林怀民舞蹈岁月告白》，林怀民著。自传、性情、舞蹈、思想，如此的组合难以道尽林怀民的世界。看林怀民近四十年舞蹈岁月的告白，道尽他在不同时期的执迷、探索与启蒙。光环之下的他，和你我一样，也经历了彷徨、痛苦、挣扎。但他在“失足与起步”、“退出与复返”之间，不断跃进向前。他不时努力提醒自己要把头伸出水面，然后才能看到外面的世界，看到自己的位置，才能对着苍穹憧憬梦想。

《革命到底是干吗？》，张永久著。今年是辛亥革命 100 周年，惹得大家都纷纷著书立说，但说到底对晚清的历史，以及辛亥革命的前因后果叙述的固然很清楚明白，却缺乏一种思想，以至于流于扁平面，无法展现出那个时代的波澜壮阔。张永久企图通过历史记录来表达点什么，由于仅仅局限于一种眼光，看来看去固然看不出多大的名堂，也就使辛亥革命看上去很吊诡了。

《魏晋风尚志》，王升著。魏晋时代那潇洒飘逸的生活方式，让人叹为观止的情趣风尚，仿佛历史暗夜中一颗转瞬即逝的流星，如昙花般灿烂的刹那，让人久久怀念。说起此时的风尚，应该是洋洋大观，至少是值得一看之处颇多，但在这里读出的不是那个“出轨”的王朝，只是那时的一个概略，小概率地讨论下所谓的风尚，浮光掠影之余，只能遥想魏晋风流。

《中国的逻辑》，加藤嘉一著。老外写对中国的观感，均为旨在探寻中国的逻辑，但溢美之词更容易受到欢迎。加藤嘉一说，中国是文化、习俗、惯例等味道浓厚的社会，它们几乎渗透到每一个人的身心上。然而有些现象确实不可思议，对此虽然我也尽量想办法加以解释，想借此提出我眼中“中国人的不可思议”。由于“隔”产生的距离是美，至于这是否符合“逻辑”则是另外一回事了。

2011 年 6 月 10 日　一个人的排行榜

《花花世界》，智海著。智海被誉为“香港漫画奇才”，他所关注的世界，不仅仅发生在香港，更跟时下的都市一族相关。《花花世界》不花哨，平淡，故事也不繁复，在四格漫画中，算是很简单的那种，甚至于连故事也缺少机智，不像传统漫画中的三句半，倒是别开生面。花花所在的这个童真世界——她与父亲的温情相处、她的学校生活、她在四季变迁中感悟人生百态，令人羡慕。

《宋江是怎样当上老大的》，韩立勇著。这书将为你解密手无缚鸡之力、相貌丑陋、资质平平的宋江，如何从一个底层小吏摇身变成威震江湖的梁山集团的一把手。书中将巨幅呈现宋江当上老大的杀手锏——鸿鹄之志、扬名立万、手舞足蹈……这看似职场励志，实在是透析了中国传统文化的“厚黑学”，通过历史关注当下社会的人际关系的微妙转变，实乃旧瓶装新酒。

《赫本啊赫本》，蒋一谈著。短篇小说最近走火，令人叹为观止。本书直击在不同身份中游走的当下年轻人内心的爱与痛；有的描写文艺青年的恋爱；有的描写小煤窑工人、黑车司机、成人情趣用品店经营者等底层人群为更好的生活而挣扎的失落；压轴之作《赫本啊赫本》描写一对父女因父亲到瑞士进行安乐死的愿望而打开了回忆与沟通之门，共同追忆与奥黛丽赫本的邂逅如何改写了他们的人生。

《武则天本传》，胡戟著。一千多年来，关于武则天的功过是非、生平曲直的评断充满巨大的争议。在中国古代历史的研究中，似乎还没有另一个人物能使史家们有如此相悖的评价。固然如此，作者的论调看似客观从容，却也无法从历史的泥潭中拔出来，无他，在对待武则天的历史问题上尽管是见仁见智，到底还没有一个客观的评价出来，我们看到的大都是争论，而这也是一大卖点。

《这才是马云》，陈伟著。作者“潜伏”在马云身边二十年，全书尽是最原汁原味的商业与生活记录，最妙趣横生的马云“原话”。这个马云妙趣横生，妙语连珠；这个马云不装腔作势，没有架子；这个马云聪慧、睿哲。作者不仅为读者呈现一个最真实的马云，更直接而通透地展示了阿里巴巴最直观的文化。这本书的价值不在于传授商业经验或成功精髓，而是让你明白“一个传奇人物的快乐之道”及“一个快乐的人的成功之道”。但这类书看多了就觉得这个世界很荒诞，成功到底不是那么容易的一件事。

《把房子彻底说清楚》，房老祖著。看宣传语，很震惊：涉足地产十五年的老总决定退出江湖。誓把房子这玩意彻底说清楚。一本让中国购房族欣喜若狂热切追捧的奇书。一本让地产商炒房团咬牙切齿恨不得跨省追捕的牛书。房老祖从方方面面揭示中国地产的重重黑幕。如此这般看似有道理，不过是一种炒作的噱头而已，更为关键的是作者所说的案例在社会新闻版上所看到的或许更为精彩，原因在于房子牵涉的事多，杂乱，却又为人民群众所关切，只要出格的观点，大概都有读者埋单了。

2011 年 7 月 15 日　不是历史的娱乐化

《布谷鸟的蛋是谁的》，东野圭吾作品。午夜文库收的推理作品，大概有一百多种，迄今还没有完整的一套，改天放在一起，看看还差哪些。推理小说，国内的写的似乎总欠缺一点什么，曾写过文字讨论这样的问题。

《领先处男半目》，刘原著。呵呵，著名专栏作家刘原的流亡三部曲，这是中间的一册，《丧家犬也有乡愁》记得曾有老版的一册，貌似不见了，《丢下宝钏走西凉》，还没有入手。记得年初去长沙，未见上他的。刘原的文字读的不少，比如在《南都周刊》的专栏，简直和木老师（木子美）媲美了，话说在长沙的作家，总是与别处的不大相同，比如龚晓跃比如周实等等。其实，现在乱七八糟的文字看得不少，喜欢的也多，口味不同，这样似乎是很适合多种方式阅读。

《语言是我们的希望》，南方朔著。港台作家跟内地比，总有一种特质让人心喜。看南方朔的文字带劲，其实不是他的观点有多新颖，而是他身处的社会环境与我们的不同，以至于观察也就独到了一些，有时候不妨称之为深刻吧。

《君子爱财》，李开周著。李开周这几年写的基本上是“微历史”，读来多有趣味。这册书给我们所提供的不再是历史的娱乐，尽管看上去依然是边角料，却让我们知晓历史名人在对待钱财的问题上之所以能那么豁达，更主要的是经济独立。历史名人的日常生活是怎样的，不得而知，更多的是想象成分居多，同时，由于知识的有限，说到经济生活，更是语焉不详。这或许跟古代中国对日常生活、经济这类“小事”不重视相关，因之关于经济的记录常常是付之阙如的。而李开周对历史的深度挖掘，颇能看出这些历史名人的生活轨迹。

《食桌情景》，池波正太郎著。一日三餐似乎花样也不多，偶尔约人聚饮，也无非几样家常菜而已，但在池波正太郎，所津津乐道的是饮食的场景和记忆，虽然历经岁月，终究不可磨灭，无论是在京都，还是东京、横滨，大城小市，即便是在家吃饭，却多多少少有着日本味儿——看得出一个人的日常生活中的性格。他说，像我这样一整天都必须待在家里的职业——也就是所谓“在家工作”——的情况下，每天的三餐也就变得异常重要。虽然不需要餐餐大鱼大肉，但是没有好好吃上一顿饭的话，对我的工作也会有负面影响。心情愉悦地用餐是保持健康的不二法门，巢中（家中）的气氛要是过于低落的话，就算是端上高级的牛排特餐，也会让人有一种“尸骨无存”的错觉。

读《食桌情景》，犹如知堂老人的散淡，有味。他所讲的日常生活，在我们看来，可能平淡无奇，然而却由于有了亲历，有了感悟，写下来就非同一般了。其实，这样的生活美学大抵是在日本才具有的，那种孤寂，那种欣赏是一般人难以达到的，毕竟对于饮食，我们在吃喝时很容易记住它的快意，却很容易忽略掉其他的因素，如果把饮食从日常生活中剥离出来，还会有那么多的趣味吗？

2011 年 7 月 22 日　原本人人都可以成为设计师的

《设计私语录》，原研哉著。又短又薄的一册书，很容易快速读过。设计生活看似很玄奥，其实很生活，或者说，我们有时候缺乏一颗发现设计的心，原本人人都可以成为设计师的——至于设计的好坏，则是另外一回事了。

《香浸红楼》，陈可旭注释。《红楼梦》诗词赏析。对《红楼梦》解析的不少，周汝昌、刘心武的比不上蒋勋的吧。这个版本，颇像线装书，但又不是，这就好像对《红楼梦》的解读，没有正确答案，只能说是似是而非的想法，至于多少是符合曹雪芹的意思是值得推敲的。

《故事效应》，杨照著。杨照是讲故事的高手。反衬的是，我们对故事越来越陌生，不是生活太平淡，而是我们在庸俗的生活中无法发现故事带来的乐趣，以及美好。有时候，我们喜欢看小说或故事，不过是想偷窥一下那不曾拥有的生活罢了。

故事效应的副题是创意与创价，但书中的校对存在不少问题，看着前后矛盾的人名，有点不大舒服。现在的一些出版物经常会遭遇这样的问题，多少是无可奈何的。是书出得太快了，还是内容编辑负责的少了？

《文字侦探》，流沙河著。文字在历史中的演变，给文字的解读带来了趣味，亦是一种探险，一不小心就掉进了文字的陷阱（这大抵是自己的识见太有限了）。对于文字的解读，或许更需要一些感性的东西掺入。对大众来说，普及常识更为重要一些。

在谈到《文字侦探》时，流沙河说，这本小书比《流沙河认字》更加通俗易懂。但愿我能少办一些冤假错案，免得仓颉夫子骂我呸我。这本书可以和《汉字别解》和《认得几个字》对照阅读。汉字的故事可以一直持续下去，但这期间的演绎就很丰富了，值得好好研究和传播的。

《常见植物野外识别手册》，刘全儒著。其实，我们对生活在这个世界不是很了解，植物所认识的越来越少了，它们尽管是时常在我们的身边出现，却被视而不见。漠视，让人看不到这个世界的美好。

《第三条大道的这间酒馆》。约翰·麦克纳尔蒂的小说都很短，也很容易打动人，小说不是靠故事吸引人，而是叙述方式和风格，或者说一种思想吧。他很会讲故事，评论家说他“眼睛很锐利，耳朵很灵敏，在当代美国写作中罕有人匹”。如果靠情节与故事的话，可能看上去很好看，却不会有《故事会》那么的好看吧。

收到《太平轮一九四九》（增订版）的毛边本和普装本。作者张典婉还签了名，对于太平轮，我们知道的太少了，对那场灾难的记述，在今天看来依然有价值，值得回味。关于 1949 年前后的生活，或许更能看社会变革过程中的潮流，能让我们明白些许道理的。智品书业的晓亮兄寄来四册书：《梧桐深院》、《人间词话》、《人生若只如相见》、《香浸红楼》，仿线装书，竖排版，看上去很不错的装帧，是残荷听雨丛书系列。晓亮兄是临泉老乡，在北京做图书营销多年。

2011 年 7 月 29 日　小谣曲

7 月 26 日书单：《看历史》7 月刊、《像嬉皮那样晃荡行走》、《地下》、《汤用彤学记》、《张爱玲私语录》、《那些伤过痛过的往事》。

《秋缘斋书事四编》，阿滢著。这是 2008 年与各地师友交流及淘书、读书实录，是私人阅读之路的场记，是发自内心的阅读呐喊。以一介书生的视角，从一个侧面描绘了当前读书界众生相。仍沿袭《秋缘斋书事》系列以往格式，封面用黄裳先生题签，扉页丰一吟先生题签。卢礼阳先生作序，梦之仪女史作跋。

《中年奴》，王国华著。70后一代，忽然感觉老了，你有没有这样的感觉呢？何谓中年奴？王国华认为，技艺上或已成熟练工；油滑圆滑，游刃有余，灵性越来越少；经验越来越多，创造性、创造力越来越最小。其实，中年奴之所以成为“奴”不是年龄问题，而是心态问题，看待社会的角度问题。

《太平轮一九四九》，张典婉著。书写的是两轮船相撞的悲剧，今天的温州动车相撞的悲剧，希望有人书写，对照历史，可以知道我们比1949年走得并不太远，只是花费了许多时间罢了。大陆这几年也在逐渐关注这些社会转型时期的事件，其实是关注人类自己的命运。

温州的动车事件，让人想起了《太平轮一九四九》，在那个动荡的年代，发生上千人的海难。名单也得以发布（很多人没实名登记即上船），事后，还通过法律途径解决海难者的赔偿事宜。即便是官方或船方，都是积极地面对灾难。

7月27日晚上，跟阿翔兄喝酒、喝茶归来，自去年在江油诗会相见，不见阿翔兄已半年，今天参观了他的书房和藏书，很多，很丰富。喝过酒之后，我们俩在书房里朗诵了《拟诗记，杜甫草堂》，那是发表在《今天》上的一组诗歌中的一首。

临分别时，阿翔兄赠书《现代汉诗 · 阿翔集 · 拟诗记》、《新诗人》创刊号（这期做的诗歌地图是四川70后）、阿翔兄主编的《旅馆》、阿翔兄的《小谣曲》。可谓满载而归，读诗是一种享受，这个夜晚十分美好了。

《张爱玲私语录》，张爱玲、宋淇、宋邝文美著，宋以朗编。看着不爽，内页注释有标识错误的，至于书信的节录，节录者自以为重要的，可能并不那么重要。更为要紧的是，书里洋溢着和宋淇相反的做法，这样做似乎是很合理的。张爱玲现在挖掘的太厉害，不知道她若看见这样的景象，是不是会生气。

《古希腊政治、社会和文化史》，[英]帕姆洛依等著，周平等译。这是对古希腊人民及其历史遗产的致敬之作，将古希腊政治、军事、社会、文化和经济史融为一体。第二版增加了考古学、比较人类学、社会史等领域的最新理论和发现。还在初版基础上增加了许多社会文化材料：妇女与家庭生活、宗教、同性恋和田径等多个方面内容。

《霍布斯与共和主义自由》，[英]昆廷·斯金纳著，管可秾译。这书就人类自由之性质的两种对立理论提供了一份精彩绝伦的比较性研究。其中第一种起源于古典时代，是古罗马公共生活所遵循的共和主义传统的内核，此论后来在文艺复兴时期意大利的城邦共和国中臻于鼎盛，而在当代政治理论家关于共和主义的大量近期讨论中，一直是个焦点议题。这一思维模式的最可畏敌手是托马斯·霍布斯，他对它的质疑之举，构成了英语世界政治思想史上一次不折不扣的划时代事件。最近几年，上海三联人文经典书库连续推出四十三册，可谓规模空前。这套丛书还有《历史的重建》、《古代世界的终结》、《宇宙与创造主》、《希腊帝国主义》、《骑士制度》等。

2011年8月5日 描绘出我们心头淡淡的哀愁

《舍客》杂志8月号，有藏书票设计师崔文川写的西安画家梁琪，他画的黑白画、人体、扇面都很有些意思的，“其作品追求思想性和创新性，格调高隽”。编辑团队不稳定，即便是双月刊，做起来也是艰难的，《舍客》由《圈子》改版而来，但做的却越来越偏离了轨道。

书单（7月31日）：《词的冒险》、《等待香港：香港制造》、

《吴虞和他生活的民国时代》、《政法往事》、《四川和重庆成都》、《软体动物》、《立宪时刻》。

书单（8月4日）：《老照片》（第76辑）。《清季的立宪团体》。《老照片》（第76辑）、《远古的纸草》、《无梦楼随笔》和“法国史学之父”米什莱系列：《虫》、《海》、《鸟》、《山》。

最近几年，谈论民国的书很多，陈丹青说是民国范儿，其实是，民国有趣。如果杂志做这样的一个内容，不知道该呈现出怎样的姿态？那种斑斓，是漂亮的，也是令人乐意看到的，从文化、思想上谈，还有余世存的《非常道》，都记录了那样一个有趣的时代，可惜今天我们始终只是学一个皮毛的。

《损品新三国》，许石林著。没看电视剧《新三国》，在机上读了书的大半，很乐。其实现在的电视剧很多就是那样弱智的状况，充斥着不靠谱的桥段，不看也罢。许石林批评的可谓良苦用心。但现在的历史剧似乎依然没有改观，这个时代就这样病着，是不是以后还会严重到更不堪的地步呢？

《独立书店，你好！》，看看书里描述的那些书店，他们风格各异，在每个城市几乎都算得上是人文坐标点，但因为人文，不走大众路线（卖杂志固然不坏，但看上去杂乱了些；卖创意产品，又不是杂货铺；卖咖啡红酒，又不是餐厅），不仅如此，在选书上基本上就把通俗的，老板自认为不上档次的书，一一剔除在书店门外——这样的书，我们做它有什么意义？

其实，不是这些书店的老板跟钱有仇，或者说，在他们的心里始终有一种人文理想。看多了这样的书店，都觉得这才是中国文化精神的最佳体现，相对于国学之类的玩意儿，这实在是好事一种。从这个角度看，薛原、西海固编的《独立书店，你好！》是了却这样的一个念想。

向这些独立书店致敬，从他们身上，我们可以发现一个城市文化的流动，这就好像我们对城市居住的要求，不仅仅是宜居，更为重要的是在那里能获得怎样的身心享受——独立书店给我们提供的，不仅在于舒缓我们内心的焦虑，减轻压力，更在于引导我们的生活方式更为贴近生活——既然我们不是这个时代的隐士和高人，还是与生活紧密地拥抱在一起为好吧。

汉中的周闻兄的《霸秦》是一部游客小说，周闻以丰富的史料、深厚的功力，写出了一个读者绝对无法想象得到的秦朝。小说更多的是靠想象力支撑下去的，而《霸秦》展现了一个凌驾所有故事的传奇！介于真实与虚幻之间的世界，让你深度领略宇宙的智慧之美。不过，这本书夸张的严重了点。

《人间词话》，乐云注释。插图版。在豆瓣上查这本书，有1087条记录。一本《人间词语》，是千年诗词的凝粹，也是今人读词的向导。它带你走进诗词的世界，人间词语，词语人生。家里亦有三两个版本。可惜未曾仔细对照阅读过它们。看看啥时候有时间，读一读。

《人生若只如初见》，纳兰性德著，贾斯注释。现世安稳，隔不断他对亡妻的思恋，泼天富贵，难掩他壮志未酬的落寞。他就是活在《饮水词》中的纳兰，他虽是三百年前的人间惆怅客，却在时光的那一头，精妙地描绘出我们心头淡淡的哀愁。不过，现在读纳兰性德的不多吧，想一想，诗词现在也落寞了。

2011年8月12日　大概是应景的事情

书单（8月8日）：《北京饭局》、《凌乱的床》、《胡吃/乱想》、《芭莎艺术》2011年7月、《立宪时刻》、《我想重新解释历史：吴思访谈录》、《进城走了十八年》。第八届茅盾文学奖评奖委员会8月7日对外公布了第一轮投票结果，共八十一部作品入围，秦巴子的作品《身体课》榜上有名。杨争光的《少年张冲六章》似乎比入围的一些作品要好得多。不过，现在的评奖不规范，以至于对评奖的非议才会有所增加的吧。

在书店看见《杂字》创刊号，翻了下，三册，一百元。其实，不仅是定价偏高了，内容方面基本上小情调，玩的是小资，显得有点单薄了些。之前想买一册存着，后来还是放弃了。也许只是因为对这样的杂志书期待过多，以至于会有这样的“错觉”。

雷蒙·阿隆在上个世纪60年代讨论过“知识分子的异化”，他认为法国知识分子“赞同现行制度，赞同信条和它的日常解释”是思想的让步，“也是整体腐败的源泉”。反观我们对知识分子的研究，似乎还停留在初级阶段，深度和广度都不是那么深入。

在书店再次看到《杂字》创刊号，问下店员，不是很好卖。前几天，也跟做书的朋友聊天，现在做杂志肯定是要走市场路线，做的好玩，有趣，又不是那么小众的读者才有市场。在书店，看了新一期的《大方》，说实在的，有点脱离了市场，没兴趣买一册回家的。

书单（8月10日）:《老照片》(第74辑)《清季的革命团体》、《丢下宝钏走西凉》、《丧家犬也有乡愁》、《灶下书》、《爸爸爱喜禾》、《本雅明论教育》、《批评官员的尺度》。

《杂字》的编辑看了谈论《杂字》的微博时说，愿意去做梦，并且愿意带着梦想能走多远就走多远，已足矣。一本小书，何至于承载那么多目的意义或者市场手段之类的？如果奔着市场利益而做，这年头，随便做个什么都比做独立出版和独立书店强，不如不做。对我而言，有生之年，践行心里的一个小梦想，已足够富有。

即便是独立出版，如果仅仅是自己玩玩，当然无可厚非，但如果要想让更多的人参与进来，消费、共享，很显然是复杂的事情，更需要一种精神引领。这样说，也可以从一些独立出版看得出来，如果是持续做下去，非得有令人感兴趣的东西才成。倘若独立出版，仅仅是出一两册书，就只能说自己玩玩了，价值或许会有，但市场空间却未必大。

蔡真妮的《水深火热在美国：真妮的北美生活故事》，其实这样的故事很多，形容水深火热，大概是应景的事情。谈论北美生活，由于文化差异或生活层面的不同，总是隔了一层。其实，这样的书，容易浮光掠影，留不下更多有价值的内容在。

成都最好的出版人吴鸿兄说西南书城本月 18 日重装亮相，以前在《新书报》(现在的《出版商务周报》) 上班时，做新书介绍，时常到这里看书、借书，那时认识的人还都在吗？一晃也是五六年前的事情了。筱舟德拉是那时的同事，现在都移居北京。想想，有些书事，记不大真切了，看来，以后还是有必要记笔记的。在微博上，成都观鸟会理事长沈尤说,《四川大学鸟类手册》出炉，本书由四川大学学生观鸟爱好者集自 2005 年以来在望江、华西、江安三校区观鸟记录，在参考有关资料的基础上编写而成，共记载一百八十五种野生鸟类。本书将为广大观鸟爱好者在川大校园及成都地区开展观鸟活动提供有益的工具参考。

《远古的纸草》，张冠生著。《纸年轮》还没读完，这本倒是先读完了。书话，讲了很多跟书有关的故事。有的颇为有趣，现在跟书相关的书，也多。自己也曾出过一册《写在书边上》，但其意义到底有多大，还是一个未知数。

2011 年 8 月 19 日　换一个视角看历史

2005 年推出的诗歌民刊《芙蓉锦江》，在诗生活网站重新开张，以前论坛落户在乐趣园，差不多快一年了，网络论坛整顿，诗歌论坛至今没开放，也就只好放弃，移居诗生活网站了。诗生活网站，是目前国内最好的诗歌网站，很多关于诗歌的资讯会在这里找到。

时常逛书摊，遇到川剧的剧本，也会买一些回来，比如说《柳荫记》、《焚香记》、《谭记儿》、《芙奴传》，而《传统川剧折子戏选》常见的几乎就三辑。川剧研究的人似乎不是很多，对我这样的读者来说，只是有兴趣多了解一些真相吧。

《我想重新解释历史：吴思访谈录》，内文的版式看上去不是很好。对历史的解读从得付比看，其实就是利益关联的问题，说得简单点，各种潜规则的存在就是缺乏监督、利益关系的存在。有时候，我们换一个视角看历史，或许就能多看出其中的端倪。

这几年，搜到的饮食书不少，最近，搜到的是张弛主编的《北京饭局》、阿子的《灶下书》，胡续冬的《胡吃乱想》，现在大小报纸只要有专栏版的，都少不得有饮食专栏，很见规模。以后这类书还会出不少吧。

出生于俄勒冈州波特兰的美国作家米尔尼，最近推出了他的纯爱小说《最后一次说爱你》，讲述的是一个简洁而不简单的故事，“你让我感到很幸福，我迫不及待地想看到，当我们一起老去时，我们更加幸福”。现实、梦幻交织在一起，常常我们无法释怀的是，我们对未来还有许多的想象。

无疑，《最后一次说爱你》所带给我们的不再是爱的体验，也不是单纯的纯爱，而是一种反思，是不是我们在日常生活中过于庸俗，无法发现生活的妙趣，以及真谛？这样的疑问或许有助于我们沉思，恰恰也印证了纯爱小说提供的虽然是相同的范式，却能在细节上给人以启迪。

天热，读书，也是很吃力的事，出门活动也是遭遇炎热的，倒是翻翻杂志，过点轻松日子更为靠谱一些，但现在能有心情这样的人，也是十分难得了。毕竟有许多比读书还要紧的事需要做。

2011 年 8 月 26 日　跟风不是潮流

夏天读书，静心。说是苦战不如说是那书中的乐趣，让人忘记夏天的苦恼。但即便如此，夏天读书，依然是需要一个安静的环境的。

跟人聊天，有人说到，近代的中国历史，前半段是革命史的话，后半段基本上是伪革命了，距离革命越来越遥远了，传统文化丢失了，就是连各种传入的思想也不是纯粹的，被改良的思想只是为了统治阶级的利益需求而阐释。

说《大方》，止庵称自己要大胆地说一句："在这个'喧嚣的时代'，《大方》如果有意义，就是它不喧嚣。"但愿是这样，其实看了第一期之后觉得应该存活下来很难。现在的杂志不怕创新，就怕思路老套，做着做着就让人看的没激情了。

《批评官员的尺度》，记录的是《纽约时报》诉警察局长沙利文案，一则广告，被莫须有成"诽谤言论"，罚款 50 万美元。其背后牵涉的事是媒体报道官员该有什么样的尺度，是不是能批评政府，以及其尺度的确立，起初，《纽约时报》险象环生，最终，捍卫了媒体的报道自由的权利。

1798 年，詹姆斯 · 麦迪逊在致副总统杰弗逊的信中说："或许存在这么一条普遍规律：国家之所以压制某种自由，就是为了应对某种实际存在或者假想中的外部威胁。"

芝加哥大学法学院的小哈里 · 卡尔文教授说，设置"煽动诽谤政府罪"是"全世界封闭社会的共同特征，在这样的社会里，批评政府就是诽谤，并构成严重罪行。如果政府以强力逼迫批评者噤声，政治自由将荡然无存。在我看来，一个社会如果保留煽动诽谤政府罪，这个社会就算不上自由社会”。

弗吉尼亚州 1776 年发布的《权利宣言》指出：“出版自由是自由的重要屏障之一，只有独裁政府，才会压制这一自由。”

《艺术界》上的一句话：设计所涉。设计有两种，一是关于欲望及其实现，一种关于现实及其反思，前者通向装饰和消费，后者则更容易和强调有所指的艺术发生共鸣。

《民国模范作文》，时毛编。跟风。民国的日记、作文都出现了，展现的固然是很值得的事，但眼光和识见则可能局限了。读这样的书，还是需要辨别能力的，不是民国的东西，都是好东西的。

《爸爸爱喜禾》，蔡春猪著。关于自闭症，我们了解的还不是很多，考验的是耐心和思想，如何走出来？困难多，希望也大。这是一本微博书。小蔡在微博中以自强不残、爱开玩笑的喜禾爸爸形象，用诙谐幽默的语言和戏剧性的细节场景，小心翼翼地绕开了悲剧的漩涡，展现出来的是笑中带泪的乐观和对生活的热爱。

《本雅明论教育》，本雅明著。关于教育的合集，既有书评也有文论，探讨的是德国教育机制，却对我们的教育亦有裨益，这在于我们对于教育的贡献不是启发式的发展，而是掠夺式的侵占，似乎大脑机制不健全就是未来的方向了。

《日本的赤壁会和寿苏会》，池泽滋子著。自从 14 世纪苏轼的诗文传入日本后，苏轼一直是日本文人最为尊敬的中国文豪之一。本书主要研究日本文人在历史上为致力推广欣赏苏轼诗文所成立的“赤壁会”和“寿苏会”的总体情况，收集了“赤壁会”和“寿苏会”所刊行的有关资料。对研究苏轼诗文在日本的流行情况以及中日文化交流史有重要参考价值。

《此时的事物》，谢有顺著。在旧书店看到一册。读谢有顺的评论不是很多，尽管多多少少买了几册回来。谢有顺成功地把文学从狭窄的世界里解放出来，使之关乎存在，关乎美与感动，关乎消费世界里的意义疑难。这样的文字，超越了一个文学批评家的视野，见证了一个知识分子敢于直面问题、承担责任的精神姿态。

《北京饭局》，张弛、帅克主编。写一群文人的饭局，不见气象多大，却有些趣味。这北京饭局，是为外人所不知道的北京作家的生活状态和人脉地标，圈子化的饭局，也能做得风生水起，这在外地是不多见的。

看饮食方面的书，当然是看不同的人对饮食的态度，以及背后的生活方式，以期洞悉生活的奥秘。它们从不同的程度上揭示了生活的真相：其实，吃真的是没有那么多的讲究。

以后，有时间也会编一册吃的册子吧。自己写的不多了，看别人的饮食观，也好。另外，有的书亦有饮食的片段，比如曾园的《词的冒险》。饮食当然是生活的一种，只是我们更多的时候注重的并不是精致，而是那种饮食的氛围。

2011 年 9 月 2 日　开书店的人也读书

开书店的人也读书。那天，在今日阅读书店总经理但捷的办公室，看到了徐卫东兄责编的《现代中国的历程》和罗不特责编的《舍我其谁：胡适》（第一部）。多读一下书，文化企业会多一些文化气吧。

在《写在书边上》的那本书里，写道了《书店人也藏书》，是因为很多人感慨开书店的不读书。现在开好书店，不仅要藏书，还要读好书，如此才能给读者推荐有点意思的书。不过，对书多一点尊重，也是难得的行为了。

《晚来寂静》，李海鹏著。可能是今年最好看的小说之一——

叙述独特，跟时下的许多小说有差异。需慢慢品味，它不是靠故事情节吸引读者。从技术上说，小说试图具备艺术性、创造性和美感。文字务求精确、新鲜。叙述上类似于奏鸣曲式，在主要线索之外，缠绕着多条次要线索，时有偶然的动机演变成主题。因此，既在故事推进上带有滞重感，也因之获得丰富的张力。

他在自序中说，如今，我写完了这部小说，不暇停留，又去往未来。如果文学是一座雪山，多少人曾眺望着雪线幻想功名。我却想那是我的栖身之所。在朝生暮死之间，你曾怀着至深的恐惧与骄傲，写下平生意气，而不介意它是否不朽于后世。在我眼见的一切事物当中，没有比这更风雅、更激动人心的了。

《教师人文读本》，刘念、黄涌编。专为提高中小学教育工作者的人文素养而精心编选的一部人文读本，荟萃了四十篇名家经典之作。分五个专辑，从教师的师德、教师的作用、教师的艺术修养、教师的思想观和人生观等诸方面，由表及里、层层深入地对广大教师进行精神滋养和导引。

拿到9月号《看历史》，封面主题是：变天。关于晚清的时局观察，今天看，依然有价值，其中不少大臣用微博发言，创新。嘿嘿，下一期是什么呢？或许值得期待一下。

其实，对成都的杂志很多时候都有一种恨铁不成钢的观察，不是杂志不难长久做下去，而是杂志做出来，总是有许多变故，以至于杂志跟当初的预想相比，已是面目全非了。做那种不伦不类的杂志，不做也罢。

读《读品》多时了。8月31日，《读品》读书电子杂志发布《关于〈读品〉网刊停刊的声明》：《读品》的读者、朋友们：《读品》网刊因故终止，编委会随之解散。感谢您在过去几年里对于《读品》的一切支持。《读品》编委会

2011年9月9日　看一点安静的书

河南的郭市伟兄寄来《美庐汇》创刊号。地产商大都想办一册自己专属的杂志，不管内容好不好，都是其次，显得自己有文化内涵才是最重要的。这是商业策略，无非是对客户营销时，多一点话语权罢了。

收第九届读书民刊年会邀请函，云10月14日至16日在温州召开，本届年会的主办方是温州市图书馆，并有《温州读书报》参加，已逾百起了。想去看看，毕竟没去过温州一趟，但不知道届时能成行否。

《奈良美智横滨手稿》，这是奈良美智在横滨三年展中的七十七张作品，都绘在画家信手拈来的纸片上：盖着邮戳的旧信封，随手撕下的笔记簿，酒店便签，餐厅卡片，作废文件，传单，地图……这些各负使命的纸的历史痕迹和蜡笔画与生俱来的笔触叠加，如同独有一套解密方法的微博，率性、随意，却又质感殊胜。喜好奈良美智，自然想从这些作品中发掘点什么了。

《政法往事：你可能不知道的人和事》，近世以来，西风东渐，冲突碰撞，法治徘徊，中国是个茶几，上面摆满杯具，每个法律人的精神家园都在政治博弈的角斗中飘摇。本书试图拂去遮蔽历史真相的尘埃，在政法舞台上钩沉往事，呈现一部可思可叹的政法史。这样的历史在于能够让我们明了社会变迁的过程中情与法之争，亦可旁观政法的变革与演进。

《远古的纸草》，读书在于求知。文坛掌故，书中轶事，名人故事，一两页就是一个，翻篇就是一人，曾国藩的手段，废名的性情，冷眼宋云彬，近访黄宗江，当年沈从文，柳亚子的故事，沈兹九的故事，张荫麟的故事，潘光旦的故事，费孝通的故事，远古的纸草，久远的书香，书成大器，古镇书香……这样的书事当然是一种风雅了。

《民国模范作文》，民国时期的教育种种，包括作文、课本、日记等等都有挖掘，在近两年亦推出不少，彰显的是民国范儿，但仅仅是谈模范作文，忽略掉了那个时代的文化传承和时世环境，可能就是一幢空中楼阁。而这册《民国模范作文》在选材上（古朴童趣、那时风景、生活札记、少年情怀、杂谈论理、百年风物）是否有模范的作用也是未知数，是有跟风的嫌疑的。

《春宴》，据说这是一部形式专注且立意单纯的小说，讲述的命题是：一个人与所置身的时代，可保持一种怎样的关系，以及由爱的试验而得到的关于人和自我、外界的关系。不过，这小说给人的感觉是，《春宴》越往下读，越觉得是去年《表演》的延长与拉伸。

《私奔日记》，私奔自王功权之后渐成话题，这类的书也在增加。20 世纪 90 年代末的一个夏天，在鄂中的一个小县城里，一位年届不惑的文化局长（即作者）遇见了他生命中挚爱的女孩，两人倾心相爱。为了生命中迟来的女神，文化局长一封辞职信，放弃名利虚妄，离开七十二岁的老母，别下年仅十三岁的儿子，抛弃十五年的发妻，毅然决然地与心爱的她私奔十余载……究竟是什么令他如此疯狂？不过，拿池莉的小说原型来推荐，实在是有点说不过去。

《无限江山：孔庆东谈文化》，孔和尚谈文化不新鲜，新鲜的是他所谈的文化时常有哗众取宠之嫌，看多了就像看一出戏，尽管是“最畅快的演讲精华、最生猛的辛辣杂文、最诚挚的感怀文字”，千万别当真。

时下，有不少关于流行趋势的书，比如修行等等，其实可看的并不是那么多，不是作者的修行不足，而是拿别人的故事来说事，似乎很实用，但忽略的是，修行在于个人，岂又是简单的案例罗列就能解决的问题。所以，看这类书，还是时常要提醒少上当。

有一些书，只适合翻翻而已，并不值得花上若干银两，抱回家里细细阅读的，其中有一些是经济学，国内的作者尤甚，大多出身财经记者，常自以为深得财经与金融之真理，实则是连很多道理都不大懂得，写来不见分析，唯有故事罗列，犹如励志小说一般。

书评人、学者止庵说，国内的鲁迅传，没有最好的版本。其实，国内的人物传记向来做的浮躁。不过，依然令人疑问，那些研究专家都干嘛去了？混饭吃去了嘛。抗战期间，青城山上有不少文化名人来往，包括张大千、南怀瑾、钱穆，以及老舍、碧野、方然、王元辉、黎光明，都曾在那里汇集，王国平兄一直在做这一块的历史钩沉，惜乎未见其书的出版。从细节关注历史，或许更能丰富我们的视野。

2011年9月16日 “小开本”妙趣多多

收到子安老师的《藏书票之爱》，小三十二开，精装，很不错，这是对藏书票的方方面面进行个性的解读与阐释。想起了胡洪侠的《老插图新看法》，这本书现在书市上已少见了。胡洪侠什么时候推出这书的新版本呢？

在百度上才看到胡洪侠的简介，书目如下：《老插图新看法》、《微尘与暗香》、《给自己的心吃糖》、《百年百词》、《书情书色》、《书情书色二集》等。编有《旧时月色》，主编有《1978-2008私人阅读史》、《向阅读致敬》等。缺了《微尘与暗香》、《百年百词》，算不算深度书迷？

《藏书票之爱》，一百篇解读文字，很精干，藏书票清晰可见，唯一觉得不足的地方，如果在书前设置一张藏书票就好了。

作者子安毕业于美国纽约州立大学新闻系，获美国和瑞士的双学位。任中国藏书票协会常务理事，第十三届全国小版画藏书票展评委。2009 年子安私人藏书票馆于北京宋庄成立。

看天窗文化推出的《反语》，有点小感慨，若政府的施政显得单调而乏味，则表示政府的运作良好。这是因为在多数的情况下，有效管治不过是常识的有效运用而已。而缺乏的常识的有效运用，就会有各种奇怪的现象发生了。

收到刘鉴强老师的《天珠——藏人传奇》，这是获得不少赞誉的书，他持续三年进藏采访保护环境与传统文化的藏民，写出这本书，成为此领域的开创性作品，被列入“环保资料室必备的十本书”。

《序和跋》，朱正著。今年年初，由熬吧读书会盛情相邀，去了长沙，参加读书年会。见到了朱正老先生。那时，没想到他会到现场，就忘记带一些他的书去了。这个小册子收序跋二十七篇。在谈到写序时，他说，如果书稿写的是我自己没有多少研究的领域，不太同意作者意见的，以及在自己出版社出的书，都不能写。这也是“洁癖”吧。

《八十溯往》，沈昌文著。谈《读书》，谈三联书店，都绕不开他，八十年的岁月不短，故事也多，回过头再看过去，美好的不美好的，都没什么了。比如谈范用，以前还是有点避讳似的，现在谈开了，再看，也没什么大不了的事，公事上的鸡毛蒜皮而已。

《记得青山那一边》，钟叔河著。在序言里，他说，这是从三本自选集的二百九十篇文章中，抽出多少带个人感情色彩的二十篇，加上新写的两篇，成此小册，希望自己能再过一回“小开本”的瘾。

“小开本”妙趣多多，即便不是精装本，也在书越来越厚的情况下，增色不少。钟叔河说，小开本一只手可以久拿，卧读就比较方便了。当然装订还得讲究，无论翻开哪一页，都要能伏伏贴贴，不要一松手就自动合拢来。如果读时得一直使劲按住书页，指头儿告了消乏，读书之乐便真的只能“何处寻”，寻也寻不到了。梁由之兄是《海豚文存》的总策划，他在书的前面有小引说，有趣，有意思，是我衡量一切优秀书籍的两条标准。二者居其一，已属难得。如果兼而有之，即当馨香以祝，实属可遇而不可求。信然。

2011 年 9 月 23 日　作家的外衣

既然今年是辛亥革命一百周年，出这类的纪念书，毫不鲜见。但总的来说，质量差的比好得多，无他，不理解历史之故，跟风，以为那是一种潮流，何况谈论辛亥革命话题很多，但关注细节的少，谈得好，却不大容易。

那么多的书，值得推荐的也就寥寥无几了。不管是严肃还是轻松，都无法掩饰历史作品苍白的底色，如果要在这些书中做一些选择，在我，乐意推荐的有张鸣、伍立杨、傅国涌的几种。

《百年辛亥：亲历者的私人记录》，傅国涌著。对辛亥革命的书写，无疑是一个庞大的系统工程。傅国涌引述的资料极为繁复，许多细节的出现让读者逼近现场的同时，亦会沉迷在资料的海洋当中，缺乏系统和理论分析。这本《百年辛亥》具有现场感的价值之外，还提醒我们历史上的许多事件并不是那么偶然发生的，而其背后的思想和逻辑或许更应该值得我们关注和深思：到底我们纪念辛亥革命是在纪念什么。

《容忍与自由：胡适读本》，潘光哲编。谈论胡适固然是时髦的话题，这就好像“我的朋友胡适之”一样。但懂得胡适精神委实不易。台湾胡适纪念馆主任潘光哲重新编选的这个读本选取了在当时即引起很大反响的十九篇文章，分别讨论我们需要什么样的文明、我们需要什么样的自由和我们需要什么样的社会。以当年文章回应当今时代主题，也是一创举了。

《一生伏首拜阳明》，鹤阑珊著。王阳明是中国历史上杰出的政治家、军事家和哲学家。作为军事家，他用最微小的代价换取了最大的军事成果；作为思想家，他开创了儒学新天地，成为一代“心学”宗师。这本书是一本关于王阳明的历史人物传记，虽可以使人在浮躁的社会中获得内心的充实与幸福。但作为传记，由于传统知识的隔膜，对人物书写多是当下的语境了。

《你是笙歌我是夜》，月下潇湘著。书腰上是这样介绍的：杜拉斯式绝望情愫；严歌苓式悲情缅怀；张爱玲式冷眼透视；李碧华式诡异风格；亦舒式凌厉言语。这样的推荐令人存疑。果然，这不过是一场执著与妥协混合的感情战争，在大都市的背景上演。幽深的心灵、复杂的性格点亮城市的灯火，闪动如幽灵。当不得那些作家的外衣罢了。

《摇摆》，[美]奥瑞·布莱福曼、罗姆·布莱福曼著。非理性行为在我们的日常生活中时常以潜伏的状态存在，比如快速成功的渴望，以及向往财富的欲望，都有可能会把我们拉进去。诚然，我们每个人都对自己的思维有过各种各样的经验、情绪和认知。只有辨识并理解这些感受的隐性世界，我们才有望削弱它们的力量，才有望抑制它们对我们的思维和我们的生活的影响力：不再摇摆。

《股爷天下：中国证券市场30年记》，王安著。这让人想起英雄豪杰的竞杀，想起许多历史来了，那是喧闹与热闹并存的年代，自然会生出许多色彩纷呈的故事来。称霸也好，悲壮也罢。

2011年9月30日　主角与配角

收到罗不特兄递过来的傅国涌老师的新作《主角与配角》。上周，才写了他的《百年辛亥》评论。《主角与配角》，比老版的增加了不少内容，以独特的“角色意识”审视辛亥前后的典型人物，通过其台前幕后的诸多细节，展现出近代中国的变化轨迹，刻画出生动的角色群像。作者摒弃了“成王败寇”式的传统英雄史观，深入挖掘这场世纪之变的历史渊源，精心剖析辛亥豪杰的境遇与人格，往往片语解纷，于不经意间揭破重重帷幕背后的历史真相。

中信出版社推出的学者刘再复的《人文十三步》，写的是毛边书，收到书才发现，哪儿有毛边呢？普通的一册书而已。全书选自刘再复先生十二部学术思想专著和一部散文集，皆为其相关领域之代表论述，涉及主题之宽广，作者学识之渊博，人文关怀之深切，思想见解之独到，均令人震撼不已，可谓人文之经典，思想之盛宴。可以快速窥见他的学术研究的。

《在傻子和英雄之间：群众社会的两张面孔》，徐贲著。文章从多个角度讨论了与当今“两面群众”有关的种种问题，尤其是群众文化的价值取向、人际关系的公共伦理、集体记忆的表现特征、群众与暴力的内在联系。这些既是“群众”的问题，同时也是“民众”、“人民”、“公民”和“人”的问题。收到新浪微博上的珠江微诗歌快递过来的孙文波诗集《与无关有关》，孙文波的签名是签在书签上的。这是千高原诗系之一，收录了桑克、陈东东、柏桦、黄灿然等人的诗集。

收到董宁文老师寄来的《开卷闲话六编》，检了下过去的几编，做这样的书事记录，看上去简单，实则颇为困难，更何况要坚持下来了。以前也有种种计划，可都懒于书写了。有朋友写，就很有意思了，自己反正写也写不出多大的特色嘛。

开卷书坊除了董宁文的这册，还包括：严晓星的《条畅小集》、彭国梁的《书虫日记二集》、张国功的《纸醉书迷》、躲斋的《劫后书忆》、宋词的《我的歌台文坛》、沈津的《书林物语》、鲲西的《寻我旧梦》。

这套由著名出版人蔡玉洗和董宁文联手策划的丛书汇聚了国内知名的老中青三代学人读书随笔佳作，首批为八本，每册十五万字左右，采用精巧的小三十二开本，纸面精装，整体设计由著名书籍装帧家朱赢椿亲自操刀，简朴素雅的封面，每本都配有二三十幅相关的珍贵手迹、照片、书影等，真让人爱不释手。

收到《杨柳风》今年第二期，一本小刊物，是丰子恺研究会办的不定期出版的。也是一种民刊，这样的刊物多了，好事情，如果只做成简单的流水记录，不批评，不反思，只誉美，做得久了也可能会觉得面目可憎吧。

今年的读书民刊年会将在下个月的 14 日在温州召开，本来计划能去走一趟，后来计算了下时间，来不及了，盖因在这一天，台湾作家张典婉老师要在成都做一场活动，一直说有时间聊聊《太平轮一九四九》，其实这本书已经有不少人赞美了，可还是值得读一读的书。原因自然是在那些细节上，有很好的记录。

《南明史》，顾诚著。历史是有温情的，而顾诚对南明历史的书写，虽然只是一个历史的片段，却让我们见证了历史的面目。如果从这一点看，顾诚对南明历史的书写，无疑是成功的。

《主角与配角》，傅国涌著。角色定位既有身份的标志，也有利益的关联。而正是由于错综复杂的关系演绎成了历史的不同的归宿，辛亥革命不例外。《主角与配角》在今天亦有现实意义：找准自己的角色定位，然后去奋进，这样即使做一个配角，也是一个了不起的配角了。

2011 年 10 月 7 日　把生活过得诗意一点

今年的诺贝尔文学奖颁发给瑞典诗人特朗斯特罗默，对于诺贝尔情结的国人来说，又是失望了。其实，关于中国文学的很多讨论看上去很虚无，原因自然是文学要回归到文学的份上去，而不是遵命文学罢了。

现年八十岁高龄的特朗斯特罗默被誉为“20 世纪西方最后一位诗歌巨匠”，是公认的象征主义和超现实主义大师。他曾斩获比特拉克奖、领航员奖等多项世界文学大奖。上世纪 80~90 年代他的声誉到达巅峰，但却在 1990 年患脑溢血导致半身瘫痪。当时曾有人感叹“特朗斯特罗默以后，欧洲最好的诗人在哪里”？

特朗斯特罗默善于从日常入手，将激情寄于平静的文字中。他所描写的大多是日常生活小事，却很少使用套话和流行语。这令他的诗作被认为是使用着“个人的、独特的、没有媒体被污浊过的语言”的“纯诗”。而他的生活也如他的诗作一般单纯，旅行和写作据称是其退休后的全部业余生活。

晚上，卧读开卷书坊系列，开本小，书厚，倒也有点阅读障碍。现在的书，能有营养一点才够好，至于厚薄无关紧要，但从出版的立场讲，书厚一点，价格高一点才合情合理。

《书虫日记二集》，错讹有一些，比如将山东阿滢的滢字错成莹字，这是因为书里人物众多的缘故吧。其实，做这样的书，容易出错，好在只要多用点心，是不难做好的。

卞之琳在他的自选集中，收录他跟张充和同游太平山的照片，一张张充和手录卞之琳诗作的图片，卷末所附年表也有好几处提到了张，包括他们的初次相识、同游太平山，还有便是“探望”、“献诗”这些事。这记在严晓星的《条畅小集》里。

《红莓与白桦》，梁归智著。关于俄罗斯的游学记，文字不坏，倒是配图可以再精美一些，现在看到的版本看的不是很爽。

9 月 30 日晚上，得诗集三种。其中，诗人秦风的《活物记》很有意思，记得上一次见，赠的是《刀锋上的月亮》。

《2010 自便诗年选》，开本很小，适宜阅读，如果再薄一些，就更适宜装在口袋里。自便阅读，轻松、痛快，拿着又不会觉得手指太累了。呵呵，所谓自便，我猜就是随意中阅读的好诗，也是诗生活之一的吧。

2011 年 10 月 14 日　读书民刊年会召开了

10 月 11 日，从今日阅读书店副总向雪刚家吃饭归来。收到曾念长兄的签名大作《中国文学场》，一本讨论文学场的书。曾念长在近年来提出“商业意识形态”、“商业愚民”、“官商传统”等文化批评关键词。

书单：《云南三村》、《晚清纪事：一个法国外交官的手记》、《文化寻根：日本学者之云南少数民族文化研究》、《云南新平花腰傣花街节研究》、《云南民居》、《云南简史》（新增订本）。

大时代背景下，小人物的命运悲歌。《太平轮一九四九》是个案，对当下的许多灾难的处理方式仍然有启迪意义。不是说哪个时代更好一些，而是通过比较获得处理灾难的方式，值得学习。

经常看诗歌民刊，有的诗在这个民刊读过，在另外一个也读过。民刊办的艰辛，如此挤占有限的版面，也许是一种浪费了。干嘛不一首诗只发一家，却到处撒网呢。也许是诗人在追求影响力吧。

第九届读书民刊年会今天在温州开幕。看《温州读书报》主编卢礼阳的博客，才知道参会人员不少，欣喜。

今天下午的活动为分组讨论。第一组主持人：陈子善、蔡玉洗；参与讨论人员：韩三洲、贺雄飞、王玉民、沈文冲、徐香怡、施汉琦、张佳音、子张、吴昕孺、蔡瑛、王稼句、吴眉眉、萧新忠、卢为峰、倪建明、姜晓铭、孙永庆、闫进忠、苏少辉、韦泱、陆俊、陈寿楠、孙良好、方韶毅、王建国、胡念望、八爪、郑金才、金明雪、陈盛奖、潘猛补、陈瑞赞。

第二组主持人：卢礼阳；参与讨论人员：阿滢、汪应泽、曾纪鑫、自牧、陈云昭、缪建新、董宁文、谭宗远、周维强、陆子康、董国和、李传新、周卫彬、冯传友、徐玉福、萧金鉴、徐雁、徐苏、童银舫、戴新伟、瞿光辉、李树德、夏海豹、金丹霞、徐齐、张永苏、陈伟玲。

之前就想与会，但还是没有去成。没曾想，成都的爱书家一个也没去，这次缺席会议了。事实上，成都的读书人蛮多的，昨天晚上，一群新老朋友喝茶聊书，很开心。想想，这也是一种因书的聚会，多少有点释然。

2011 年 10 月 21 日　书店的新活法

在通过对辛亥革命相关的书籍的阅读，或许我们能还原辛亥革命的全貌，在那里，我们所了解到的辛亥革命不仅仅是一场伟大的革命，更为重要的是推动了中国现代化，尽管这一过程也有曲折，也很漫长，到底是开了局。

孙中山并非一开始就想“干革命”的，而是想方设法通过王韬上书李鸿章，想走改良路线，只是在改良被拒之后，他才立志革命，清政府的新政和立宪之所以被辛亥革命“打断”，主要在于它的新政、立宪一拖再拖、非常被动。

收到《书香阿滢》，阿滢的作品爱读的分子不少，这里收录的是大家的念想，也是民间读书最真实的状态之一。不过，这也可能有放大的成分，毕竟对朋友的书，总是希望看到好的一面。

这几天，跟寒山书社兄交流书店的做法，感慨很多，不是书店不好做，而是在社会、阅读转型的时期，如何把书店注入新活力，这是一个大问题，按传统的思路去做书店，可能会走进一条死胡同的。

10月15日晚上，跟黑子兄在一起聊天，他也背一个读库的包包，是读库二代包，成都还有这样的读者不少，计划有时间做一次读库小型的读书会，约请《读库》来成都。那天的活动需背个读库的包包入场才好，届时，可能有现场作品朗诵。

《独立阅读》9月号：辛亥百年纪念，正如这期执笔成庆所说，当下所有相关的叙述与评论都不是远距离的回望，而是在暗指眼前。尽管经历了无数革命带来的腥风血雨，但“革命”一词显然并不打算就此退出历史舞台。

成都作家曹蓉推出长篇小说《栀子花开》，在最近打算在今日阅读书店做一次分享会，朋友的聚会。不过，这本小说写的一般了。

叶广芩的《秦岭无闲草》，据说是很不错的一本书，对秦岭，虽然经过十几二十次，还是很少下来看看，至于那里的一些花草故事，了解的是远远不足。

2011年10月28日　公务员该读点啥

上海金融与法律研究院推出的《读品》、《思想库报告》、《陆家嘴评论》等电子刊物，各有特色，现在每周一固定收到《思想库报告》，收获良多，《陆家嘴评论》许久没看到了。

收到吴浩然兄的新著《老上海女人风情画》，书中收沈泊尘漫画一百余幅，颇见老上海的风情。沈泊尘（1889—1920），字伯诚，笔名蜗牛。浙江桐乡乌镇人，中国现代漫画先驱。为《申报》、《神州报》、《时事新报》、《晶报》等作过大量的政治讽刺画，作品思想性很高，具有战斗精神，影响深远。首创中国第一本漫画杂志《上海泼克》，开中国漫画杂志之先河。叶浅予称他为中国第一位漫画大师。沈泊尘精通仕女画，所绘现代仕女开一代新风，曾连载于《大共和画报》和《大共和星期画报》，后结集为《新新百美图》。

前几天去逛成都购书中心，买的不仅仅是书，还有其他东西，感觉上越来越杂乱了，几年前去的感觉要好一些，现在的书城像卖场，难得有一种想读书的氛围，逛了下，没找到自己想看的那一种书，实用消费类的书不少，可惜没怎么去看。

10月26日下午，出来闲逛，逛了云驭风书店、郭家桥旧书店，顺便又逛了家智爱书店，那里的书还有点意思，选了册同学戴新伟兄的《水红色少年》，没看见作家、蒋林兄的《地震时期的生命与爱》有摆放。

在智爱书店，店员模样的女营业员向一位读者推荐：巴金写的《翠翠》多好看的，一个女娃子，我很喜欢。忍不住想笑，这样张冠李戴的故事也会有，不是读书不精细的缘故，或许在她看来，彼此都差不多吧。

吉川英治的《三国》，比易中天的《品三国》要好，许石林兄的《损品新三国》比易的有味道。易还曾经写了册不怎么样的宣传册，叫《成都方式》。

《卑鄙的圣人曹操》出了第三部，才翻了下，戏说，无他，根据形势的需要，看上去很美好。这样的连续小说，读下来，到底如何的滋味，未曾阅读过，也不好去判断了。

读客推出的"公务员读史"丛书，讲述历代帝王将相跌宕起伏的传奇命运，重走他们飞黄腾达的仕途之路，收获他们老谋深算的官场智慧与技巧，常让人在不经意间，茅塞顿开，于纷繁复杂的官场万象中，认出规律、方法和道路来，修身治国平天下！

这套丛书推出了《曾国藩发迹史》、《李鸿章发迹史》和《左宗棠发迹史》，而《卑鄙的圣人曹操》也是其中之一了。只是仅仅如此一路阅读下来，公务员怕是也绕不过血酬定律，只是在历史里打转了吧。

2011 年 11 月 4 日　书评人该独立起来了

书评人最好的是独立的，自己买书评论去，可以批评的更彻底一些。不过，出版机构跟书评人的良性互动才是关键。至于书的内容好坏，读者评论也是需要大度一点，既然交给市场了，就由大众随意评论才好。

时常会收到一些出版社寄来的新书资料，所附的书评，大多连书评作者署名都没有，有的有署名，却没有联络方式，对书评人的劳动成果如此不尊重，可能会导致的结果是，书评人越来越不喜好这样的出版机构了。

湖南文艺出版社编辑陈小真寄来的《背景》，官场小说，陈忠实说，《背景》里面有很多只有在纯文学中才能看到的好细节。用一个通俗的架构把纯文学的细节融合得这么好，难能可贵。作者把这些细节融入机关生活，既能使剑拔弩张的情节得到舒缓，又能使故事充满重重寓意。

大陆目前做的所谓作者的全集，基本上都是可疑的。全集收集资料之费力，可以想见，而当下的所谓全集，只是编选者看到的“全集”，跟作者本身所写的全集相去甚远，这类书，不妨当个玩笑看。

书店关门是多种原因造成的，单纯地归结为电子阅读和租金，可能只看到了表象，更多的书店在尝试转型，而不仅是传统意义上的书店。最近，今日阅读书店在打造城市文化空间，或许对当下的书店经营有所启示。

收到读书民刊《上林》和《上林》文丛,《上林》创刊于2009年，今年改为不定期出版,《上林》文丛每辑收录十二个人的作品，每个人一个印张，这也有意思。很喜欢这样的书。做书不一定做的豪华，阔大，有点小趣味就好。

《开卷》第9、10期收到。这两期的长文章不少。长文固然有长文的乐趣，但如果短一点，似乎杂志的容量就有所增加。忽然想到，书话界也有“啃老”一族，谈老人的话题，多少是很容易见刊的，这也许是一种技巧，对当下的书话偏爱的并不多，大抵说来，名气没那么大，别人也觉得没多大看头吧。

一直看不上励志方面的书，总觉得有隔靴搔痒之感。但这方面的书读者不少。真不知道，看过随手就扔的励志书，到底书的价值在哪里？仅仅是阅读的乐趣而言，励志书所提供的也真是太少了。

萨苏的《动物奇案》，讲动物的故事，是萨苏说故事系列之一，分为兽之案、斗兽场、人与兽和古兽志四部分，作者延续他“北京侃爷”的说书特色，展现了发生在世界上已灭绝动物、濒危珍稀动物之间的种内斗争、种间竞争的精彩场面，其激烈程度有时候不亚于人类之间。

《第三条道路批判》，庞清明著。诗歌评论集，其所呈现的不是第三条道路的全景图，尽管只是一段诗歌流派简史，既有对第三条道路的梳理与总结，也有第三条道路的精神继承与发扬。

2011年11月11日 不断地和他人交错的旅行

今天是流沙河老先生的生日。昨天收到《Y语录》，比之前的《Y先生语录》多一些内容，像微博体的段子，读来，也别有一番趣味。不过，对旧书新版却看得淡，毕竟不是藏书家，未必需要紧跟作家的出书速度的。

《白纸黑字》第一期中，鄢烈山老师在开卷《“温故”昨天书写“在场”》说，我们的目标是初步“留得下来的文字”。白纸黑字所记录的更多的是个人叙述，这样的书写，也是有价值的，个人史正是历史不可或缺的一部分嘛。欣喜的是，这样的记录多了起来。

《白纸黑字》第一期，既有文革日记，也有易中天的《那时我们唱红歌》，相比较而言，“我的‘老左’朋友”，因为里面的人名以字母代替，如人名更为有意思一些，也可以看出一些人的交往。对不熟悉情况的读者来说，无疑于是字母的排列组合产生的故事吧。

《悬崖边的贵族》，记录的是蒋友柏的故事。以前，杭州的周为筠兄通过代理人谈了版权，也出了一册同名的书，不知为何说是侵了权。这背后有怎样的故事，知道大概，细节尚不清楚。不知道这册内容如何，但愿少一点失望。拿到《悬崖边的贵族》，有点儿失望，爱炒作的蒋友柏，其内容可看的没有想象的那么多。也许是为了其商业上的营销吧。

去年到深圳，没能见上姜威兄，当时他去外地了，前段时间才买到他的一册书。11 月 8 日接到深圳朋友的短信，言他去的安详，真是感慨，惟愿一路走好。

《老肖像新打量》，姜威著，老与新丛书，广东人民出版社出版。另外两册是《老插图新看法》(胡洪侠)、《老照片新观察》(邓康延) 。

买到一册《续峨眉》。书做得很漂亮，跟国内的同类书相比，更令人喜欢。中日文版，2001 年出版，查了下网上资料，几乎找不到更多的资料。

《流浪者旅店》，荷兰最杰出的小说家和旅行家、“现代乡村说书人”诺特博姆的旅游散文。旅行是不断地和他人交错，而你又总是孤身一人。这就是矛盾之所在：你在世界上旅行，而世界却在他人掌握之中。

《极端的人群》，哈佛大学法学院教授、畅销书作家凯斯·R桑斯坦通过对众多社会学、心理学实验与案例的整理分析，认为：许多时候，一群人最终考虑和做的事情是群体的成员在单独的情况下绝不会考虑和做的；当人们身处由持相同观点的人组成的群体当中的时候，信息的交流佐证并加强了彼此的观点，他们因而更有可能走极端；当这种群体中出现指挥群体成员做什么、让群体成员承担某些社会角色的权威人物的时候，很坏的事情就可能发生；互联网就像一个巨大的回音室，充斥着志趣相投的人们组成的小群体，正在成为极端思想与活动的滋生地。

2011 年 11 月 18 日　提供跟正史不一样的视角

诗人文佳君首部诗集《果然》出版。诗人刘春说，文佳君的对世界对生活中有一种越来越罕见的真诚与率直，他是一个跟你第一次见面就能够敞开天窗说亮话的人，他不避讳冒犯权威，不掩藏自己内心所思所想。

收到北京胡杨文化传播有限公司总经理、曲梵兄寄来的《艽野尘梦》，早前，看过电子版的。这是插图本，插图是王志兴画的，冯永锋做了评注链接。很有意思的一本书。

《芙蓉锦江》今年第一期出来了。两个主题：芙蓉锦江九人诗选和第三届青海湖国际诗歌节作品选辑。《芙蓉锦江》于 2006 年创刊，至今出版有 11 期，数量不算多，质量却可观，早上翻旧期刊，不免有些感慨了。

陆续收到张爱玲的《异乡记》、《易经》和《雷峰塔》，其实，这几本书的争论不少，一是宋以朗的做法是不是应当，二是出版不被自己作者看好的书，是不是有点不负责任。王德威教授对此有相关的话说。

周四，宋尾兄主持的文化书评榜，迄今已经两年了，每次书评榜做六本书，分为好书、烂书，冯磊兄跟我主要撰写相关的评论，年底了，作为2011年烂书单推出来，还是引发了不少讨论，这是好事，看书，不能只是一味地表扬吧。文化书评榜将好书定义为：文字好；故事好；气度好；睿智；启智；新知。或有一二，即可。所谓烂书，是误导或是败坏读者的趣味，粗制滥造或是跟风之作，总之，读了之后总有令人不舒适之感。

三毛的书总是引人有兴趣读一下，但家里却没有相应的书，好在现在有了一册《撒哈拉的故事》，多少是可以读一读的了。

汪曾祺的书，现在编的集子也有一些，没有他的全集，零散买来，也有意思，最近出的是《草木春秋》。这样的作家还有周作人、梁实秋，谈吃谈掌故，都有意味，难得。

一直想读一个城市或一个地域的记忆丛书，似乎这是小事，记的人不多，可读的就更少了，为一个地方做传记，也有点味道，特别是旧事的记忆，更少了。肯定我们记住一个地方，不是靠地方志记住，而是这样那样的民间记忆所组成的。

这样的记忆最好不是官方的书写，官方做的各种读本，看上去冠冕堂皇，不免粉饰太平，至于具体情况如何，还需要有心人做一些记录，这也是钟叔河所说的笔记的趣味，提供跟正史不一样的视角，正是它们的价值所在。

《乔布斯和他的对手们》，姜洪军著。这不是一本严格意义上的人物传记，只是截取了他人生的某些片段，给人一个侧面，就是这样的侧面也令人高山仰止。

2011 年 11 月 25 日　不喜欢有点夸张的营销

买书还是不喜欢书带点夸张的营销，比如什么封笔之作啦，畅销百万册啦，凡此种种的宣传，感觉很假，对一个读者来说，要看好书还是看口碑相传的书。

奥威尔看清楚了极权主义最可怕的地方不在其意识形态，而在其统治手段，极权统治手段最可怕的，不是暴力威吓，而是对于真理的掌控与扭曲。在对于真理的掌控与扭曲中，最可怕的又是对于记忆的改造。（杨照《故事照亮未来》，第 114 页）

现代人的欢乐与其说在于“一见钟情”，不如说在于“最后一瞥之恋”。——瓦尔特 · 本雅明。

11 月 18 日入手的书：《上海往事：正在淡出的弄堂记忆》、《巴黎，19 世纪的首都》、《伪东京》、《酒旗风暖》、《上班族抑郁症自救手册》、《小西门集》。

原来，新近看到的台静农所著《酒旗风暖》，是青岛日报的薛原兄策划的大家文库第二辑中的一种。台静农的书，以前仅有《龙坡杂文》和《地之子 · 建塔者》两种。

大家文库第二辑书目：《酒旗风暖》，台静农；《对镜检讨》，聂绀弩；《往事随想》，吴祖光；《思辨历程》，王元化。聂绀弩古体诗很好，也出过集子，有《聂绀弩旧体诗全编》行世，后来有《聂绀弩旧体诗全编注解集评》（全三册），是侯井天做的句解、详注、集评。

现在的书喜欢做成小精装。有的是裸装，没书衣，有时候是外面再来一张书衣，不仅如此，还要来一个腰封，虽然不恨腰封，但读书的时候还是喜欢把书衣和腰封一起拿掉再读。否则，总觉得磕磕碰碰的，影响阅读。

在读雯萍的小说《触摸》的电子版，小说写的是康巴地区的故事，以一个女性的历史来写，才看到第二章。第二章写从山中嫁出来，一路很凶险，女性作者总是有些细腻的笔法，很精彩，但总觉得叙述的还不够那么有味，有点流水账的记录似的。

《寻找康巴汉子》，亮炯·朗萨著。一个康巴青年，在城里混得很好，却选择了回到老家，看似俗套的乡村建设，却有那么一点不一样。其实是主旋律作品，这样的作品写得不好就像宣传品，缺乏营养价值的。

2011 年 12 月 9 日 《散步达人》和《天津记忆》

《触摸》，雯萍著。给人的印象深刻的是主人公濮钰的一生极像陈渠珍的《艽野尘梦》中的西原姑娘，两相比较，濮钰比西原要幸运得多，虽然其命运同样是曲折坎坷。不过，有时候这样的小说作者贴得太近，容易造成阅读的假象，小说就像报告文学一样了。

《我在你身边》，郝莉·古德伯格著。当我读到美国作家郝莉·古德伯格的《我在你身边》时，还是有点诧异，在更多的人讲求爱情的虚无主义时，美国人还在相信爱情，还在为了爱孜孜以求，这样的一种情感与其说是东西方文化对爱的理解差异，倒不如说，在经历了世事变迁之后，东西方人对爱情的力量和高度有不同的味觉——这就像面对美食，我们总会有差异化的表情。

在网上买跟书有关的书，十余种。最近在补这方面的信息，其实手头现在差不多有几十种，总想多翻一点。但有的书做的面相极差，内容也泛泛，缺乏一点专业和乐趣，这样的书可以随手丢的吧。

日本有一种杂志叫《散步达人》，月刊，是把散步和逛街的乐趣结合了起来。《散步达人》总编山口昌彦先生教你五个享受散步乐趣的方法：记住散步就是场小小的冒险，不要事先收集太多散步地的信息，散步时抛开杂念，怀着愉悦的心情行走，最重要的是别迷路。

收到今晚报社的王振良兄寄来的《天津记忆》数种，正好有兴趣做城市历史的内容，可以学习的东西不少。《天津记忆》每期以专题的形式出现，迄今已出版百期，在民刊中也是独树一帜的了。

最近做一个小调查，周围的几个朋友，都在进行一些学术研究了，虽然有的可能看不懂。但总归是一件好事情的，明年后年应该有一批好书出来吧。期待，70后一代的学者还需要多种磨炼，才能成就大师的。

最近看的书，能称上坏书的不少，但它们的销量都很好。是读者的问题，还是出版营销的结果？有时候很迷惑，但这样的书一般是契合当下的某一种潮流，才会有了市场的吧。

跟书店人士闲聊，他们说，现在卖的最好的书，基本上称得上坏书的多。相反，被叫好的书，反而销的不是很好。也许以后的书店可以按口味划分了，书店不做的“另类”一点，似乎难以招徕更多的读者群了。

2011 年 12 月 16 日　在繁杂的世界里放出更灿烂的生活

下个月 12 日，新华文轩开的小书店——格调书店洛带店将开业。其实，外地书店纷纷关门的不少，今年在成都也有几家书店如云驭风书店总店、印象大书坊关门了，但新的书店还是不断在开，成都的阅读生态还是很好的，相对而言，每家书店的关门与其说是大环境，倒不如说是自身经营或转型的困难。

常常看见有人感叹，书店难做啦。有一大拨人在坚守。岂知书店可以开得很受人欢迎，书店不是量贩，不是超市，如果说是寻求心灵的安谧，倒不如说书店开得更与读者贴近一些，为读者着想。最理想的书店是让周围的人能读起书的都能读书，即成为一个城市的公共文化空间。

公共知青沙龙网站两年来，分别做了己丑年阅读史、庚寅年阅读史，今年要进入第三年了，去年，《天涯读书周刊》推出了专题。今年也不例外，继续推出专题。一个人的阅读史，见证一个时代的阅读思想风貌。

导演、电影编剧程青松在周六下午的今日阅读书店凯丹店有一场讲座，并签售《青年电影手册》，记得要把他的一册旧书带过来签名。在微博上多次互动来往，第一次见，想来活动还是应该很圆满成功的。

2007 年 12 月 11 日，四川省小小说学会在成都宣告成立。《四川日报》在当时报道说，四川的小小说在全国颇有影响，在成都、自贡、泸州等地均活跃着一批有实力的小小说作家，有数十人常年在全国各级报刊发表作品，李永康、曹德全等还多次获得相关文学奖项，形成了四川文坛不可或缺的一道景观。学会成立四年了，周末将召开会员代表大会，这是第一次还是第二次开会，记不清楚了。

冉云飞所著的《沉疴：中国传统教育的危机与批判》，是一本由一个有良知、有热血更有理性的普通的中国公民所写的书。它值得每一个有良知、有热血也有理性的普通的中国公民阅读。1999 年版。在孔夫子旧书网上最高卖到一百三十元一册了。

《步行冥想》。一行禅师告诉我们，在钢筋水泥的都市，急匆匆的人流，工作的压力，导致人们沉重的情绪。沉重的情绪是传递的，传递的沉重是负面的，影响周围人的心境和情绪，影响人的健康，但是，还是能够在步行中、冥想中、慢步中领悟，感受平和和快乐。身心灵成长的根基就在于时时给我们的生命提供能量，如此才能在繁杂的世界里放出更灿烂的生活。

2011 年 12 月 23 日　就像生活充满了不确定性

中国青年出版社的美女编辑刘霜寄来了一册《北京新建筑》，做的是建筑旅游。大概不是专业人士，难得有时间到处去参观建筑吧，只能在纸上围观了。有时候，我们去一个地方旅游，更多的是精神之旅，像看建筑这类的小旅行，实在是进行的太少了。

收到一册《风与草——喻中读尚书》，作者喻中是川大教授，此前，川师有长衫先生李俚，像国学研究院，也有几家，甚至在温江有个楼盘还以国学为主题。真正的国学不是一阵风，是一种生活方式，但好多人做这个是当成了一种赢利的工作罢了。

赵瑜兄的《鲁迅影像故事》还原鲁迅的面目。而小说《六十七个词》，有点感慨，模糊主义构成了现代都市人的情感，有时人会变得莫名其妙起来，就像生活充满了不确定性。

写了一篇《辛卯年阅读史》，谈到的书七八十种，有的书适合翻翻，有的书适合精读。相比较而言，我们读的越来越多的是短篇，不累，轻松，但这又岂能表达了思想的深度呢?

《制度伦理研究：一种宪政正义的理解》，高兆明著。该书的问题的提出正好迎合了我国当代的现实背景，这个问题的提出并不是直接缘于伦理学学科，而是缘于整个哲学人文社会科学对于当代中国现代化进程的反思。

《立宪时刻：论〈清帝逊位诏书〉》，高全喜著。作者认为，在走向共和的古今大变局中，现代中国的立国基础不单纯是辛亥革命那种激进主义立宪精神。它的另一个精神基础体现在

《清帝逊位诏书》之中。逊位诏书虽不是一个形式完备的宪法文本，但它总结和承载了晚清以来若干次或被动或主动的改良立宪运动，有效节制了革命激进主义的潮流，弥合了革命造成的历史裂痕。

2011年12月30日　找不到阅读的感觉了

昨天，把四川文艺出版社出的《李劼人全集》带回家，有点费力，从车站扛回家，一大箱，有点重，本来可以坐三轮回家的，还是放弃了。虽然经常买书，还没有这样把几十斤的书扛回家过。买书也是要体验各种复杂的过程的。

开始读《资中筠自选集》，这套书包括：《资中筠自选集：感时犹世》、《资中筠自选集：士人风骨》、《资中筠自选集：做观天下》、《资中筠自选集：闲中记美》、《资中筠自选集：不尽之思》。

资中筠自选集，当然是好书，但精装，价格自然会增加，是不是也加重了读者的负担？想起民国年间的书，出版社总会考虑各方利益，但现在的出版机构更多的是强调自已的利益。广西师范大学出版社的“理想国”系列，现在看来，更侧重的是商业一点了。

民国时，张奚若在国民政府召开的“国民参政会”上发言被蒋介石打断，就拂袖而去，下次开可以退回差旅费，拒绝参加。马寅初公开揭露孔祥熙，把他骂下台，1947年，傅斯年公开发表文章《这样子的宋子文非走开不可》，半个月后宋子文就被撤职。（资中筠《士人风骨》）

去昆明，首要的是淘书，在昆明的旧书店买了一册来新夏的《近三百年人物年谱知见录》，昆明的旧书价格比较了下，比成都要高一些，成都也算是难得的一个淘书之地了。

喜欢收集一些杂志的年终特刊，或年初的预测，其实不一定是关注盘点的如何，就像很多人一样，喜欢在年终总结罢了。《三联生活周刊》现在做的找不到阅读的感觉了。不是我们的口味变了，而是杂志变得都越来越陌生了。

2012年日记

2012年1月6日　大历史的小切面

《古稀老翁走四方》，常崇宇著。常先生是理工科出身，却写有不少短文，并跟一些成都的文史专家有交流。这册书是成都一家文化公司出的，说是正规书号，印三百册，花费了一万五千元。老人家喜欢自印一点自己的文字，留作纪念，这是好事。但如果麻起胆子要钱，哪里算是文化事业？这册是老先生旅游生活的鲜活记录。

《北平生活费之分析》，陶孟和著。最近陆续读民国的书，有点着迷。社会、经济研究说起来很简单，做起来却不大容易。这是基于1926年对北平手艺工人和小学教员家庭生活状况调查而撰写的研究报告，清晰地再现了20世纪20年代北平工人及小学教员的生活情形，展现了陶孟和关注基层社会、重视社会问题研究的社会学思想。

《大历史的小切面》，关于晚清变局，谈论的太多了，有新知，不仅仅贩卖历史事件的却又少了点，人云亦云似乎成了惯例，资料的来源二手居多。这样的知识贩卖能不能成为独立知识分子，是一个疑问，小切面展现的是不一样的历史格局和气象。

第一次看到《科学启蒙》杂志，针对学生的期刊以前关注较少。但总体感觉说教味多一些。而《科学启蒙》所提供的新知，以通俗的方式让小读者接受，漫画也有一些，活泼的方式让杂志更有活力。

《科学启蒙》的栏目（一）《好奇的人类》，虽然讲述的是科学家的故事，通俗易懂的形式，让小读者能快速地接近科学的前沿。《想象作文》，固然大多是学生作文，但要求很高，在短短的文章中见出科学的精神，要求很高。有的文章似可以更完美一些。

《科学启蒙》的栏目（二）《创意擂台》，关于想象力和创意，这些词语在这里焕发出了新意。《侦探来了》，既然讲推理，也应该包含复杂的人性因素。这一点来看，孤立的个案是具有更广泛的意义的。好的侦探不仅具备推理侦探的能力，也能洞悉人性的冷暖。

书单：《书斋闲话》、《东京昆虫物语》、《格拉斯米尔日记》、《炉边情话》、《三联生活周刊：鲁迅之疑》、《读书》2011年12月号、《良心的自由：从清教徒到美国宪法第一修正案》。

2012年1月13日　书店还是要开的

昨天下午，有媒体记者联系，才知道弘文书局关门，有的说关门毫不奇怪。其实，成都的好书店越来越少了。这当然是一个值得关注的话题。但更多的时候，我们所强调的阅读，似乎跟书店无关了，这可能就是其中的悲剧吧。

独立实体书店应该是一个城市的文化地标，其实，从1990年代至今，成都关掉的好书店如卡夫卡、三一，还有很多，不知名的小书店存活几率是很小的。一座城市的日常生活固然需要柴米油盐茶之类的，也需要文化滋养，而书店则承载了这一功能。在越来越快的时代，我们还有时间去读一册书吗？作为城市文化的一部分，如果书店都从我们的视野里消失了，我们当然可以从网上购书，那是否失去了淘书的乐趣。有人认为，价值本身在于乐趣，对淘书也当如此理解。

昨天，文轩在洛带古镇开了家轩客会·格调的书店。对书店的开业，总是有着无限的期待。下周打算去看看，买几册书，虽然这并不能拯救书店和书业的不景气。

整理了下博客上的微阅读，现在已经积累了三百多条，近四万字，有的当时是以写博客的形式出现的，对“圈里”人或许容易理解，如果稍加补充，可以视为一个人的阅读史，今年继续努力。

长沙萧金鉴先生寄来了《书人》杂志四期，老先生可能是办读书民刊中年纪最大的一位，不仅编《书人》，还在编辑《文笔》杂志，两种杂志各有特色。这样的精神在读书民刊中最为令人敬佩的。

山东刘晓宁的《大医院》应该是一本行业小说。写的好看。很早以前，混论坛，见识了不少后来的小说家，刘晓宁是其中之一，记得那时她的网名叫满庭花雨。以前也有个朋友写过电信行业。黑子兄研究医院行业，以后也会有不错的作品出来吧。

夜里看李锐的新作《张马丁的第八天》，虽然讲的是清末故事，倒也有历史小说的况味，没有说教，李锐的小说读来总有一种味道，让人回味，没有浮躁，以及浮光掠影的东西。

丰子恺纪念馆的吴浩然兄寄来一张新年贺卡，图是丰子恺的作品，题词说的是，第一个炮仗放得响，开门红也。在老家，年初一的炮仗是起床后，开门就要放的，据说可以预示着一年的运气。

《莫迪里阿尼传》，乔弗里 · 梅耶斯著。作者努力将莫迪里阿尼及其朋友们尽可能逼真地呈现出来，他们的背景、外貌、性格和各自引人入胜的作品都栩栩如生地跃然纸上。或许正因为如此，我们看到的莫迪里阿尼才是平面的——是经由许多细节构成的人物，在他的世界里，艺术和生活看似矛盾，却又恰当地统一在一起：这也是莫迪里阿尼颇为矛盾的一面。

2012年1月20日　无意义的迷恋，要不得

这段时间在看跟成都相关的旧书，备课，计划写成都相关的书。民国时期的成都，还想做的有意思一些，资料这些年积累了不少，但都没有进行系统、专题似的做，看上去零散，大路货也在逐渐淘汰。其实，对一个城市或区域的关注，如果缺乏视野，可能就过多地溢美，或贬斥了。

天涯读书周刊在今年会推出烂书的内容介绍，其实，书的好坏，说白了，在于能不能读的愉快，能不能有所启迪，如果面目可憎，那是应该让人批评几句的，但接触出版社越多，就可能无法对书的内容提出批评，无他，面子总是要的。

《时代阅读》以《玫瑰紫》，一部文坛“三枪拍案惊奇”为题提出了严肃的批评。作者穆尔说，混淆真实与虚构的界限，老套的行文语言以及对品牌与女人着装的无意义迷恋，正是《玫瑰紫》的三奇之处。《玫瑰紫》是杨小洲的长篇小说，“90后留学生的纯美爱情，中国读书界的书情书色”！

1月13日，巴蜀文化研究中心在成都成立，巴蜀文化研究最近几年，做的不是那么理想，或者有一些成果，但还没有让大众广为人知，这既有研究的必要，也有进一步推介的必要。研究中心在未来，巴蜀文化的概念走得更远，值得期许。

虽然作为巴蜀文化研究中心的文化顾问，要做的事情很多，如何突破局限，创造出更多有价值的东西，还有待进一步思考。说起来，创意似乎简单，要做得好，却考量的东西很多，并非一朝一夕的事情。

加拿大的朱凡兄的新作《海归博士的家庭教科书》，爱家庭，爱阅读，学理财，学担当，学欣赏……很多时候，家庭的教育是人生的揭幕，这既是基础教育，也是创新培养。所谓家庭教

科书，更多的是身体力行的典范。

新华文轩出品的《轩客会》创刊号出来了，比原来预定的开本大了些，封面主题是洛带，有于小哩的《跟着美食去洛带》、朱小黑的《会馆知天下》，以及兰楚的《小民风流：淡而灼人的父辈故事》。

成都这几年的读书报刊市场在缩小，毛边书局做的《毛边书讯》早没了下文，而《新书报》更名为《出版商务周报》，搬到北京去了。《读书人》现在以香港的刊号在出，《东方藏书票》也是如此，而有的书店也做过读书内刊，基本上都是属于玩票性质，做一两期也没了下文，可惜。

《炉边情话》，幸田露伴著。现在大陆有他的三册书出来，买了一种，是几种文字的合集，谈情感，多少也有点日本的风味。不过，一个作者的书，一下子读的过多，也会有厌倦之感。

花城出版社在去年推出了慢读译丛三种，其一就是幸田露伴的这册，另有多萝西 · 华兹华斯的《格拉斯米尔日记》和儒勒 · 米什莱的《山海经》，日记文学中，华兹华斯值得一读，米什莱的这册是选本，疑心和《大自然的诗》四册有所重复，译者为同一人，似乎大可舍弃了。

2012 年 1 月 27 日　容易陷入思想的泥沼

《东京昆虫物语》，泉麻人著。一册都市观虫札记。作者带我们回到他的童年，20 世五六十年代的东京，将小男孩与昆虫间的美好相遇，化为四十六篇动人的昆虫记事，有着细腻的自然观察、怀旧的人文笔触，并搭配写实细致的手绘昆虫图简明的外观习性解说。

像《东京昆虫物语》这样的观察札记，其实可以延伸到城市的不同角落，建筑、街道、景观、植物、动物，它们俱是城市的生活细部，如果说城市是钢筋混凝土的话，这样的观察，则让我们不管身处在何地，只要有观察，就能发现城市之美好的一面。

《另一种学术史：二十世纪学术薪传》，上世纪的师承关系，在今天看来，令人羡慕。所选文章不仅是单一的对师长的敬意，其实还包含了两代人之间的学术对话，学术道路的碰撞、汇流，读者借此构建语境，将这些温情的怀念、平躺在纸上的宋体字还原成一个个立体的历史场景，一个个生动的历史过程。

2012年2月3日　书名的意思

书单：《文学漂鸟：雷骧的日本追踪》、《资中筠自选集：闲情记美》、《资中筠自选集：不尽之思》、《资中筠自选集：坐观天下》、《乌克兰拖拉机简史》。

《重品梁实秋》，王国华著。最近几年，国华兄在文史随笔方面发力，先后结集不少作品。他说，一个作家的人生，往往是一个国家、一个民族生存状态在某一时代的缩影。当时光沉淀已毕，回头打量，战士们的文字随着战场的消失已腐烂成泥，只有人性永放光辉。我重品梁实秋，梳理梁实秋，推介梁实秋，就是因为那人性的光辉和明亮。

小说家、诗人宋尾的新书《到世界里去》，收有十一个短篇，这些小说"用荒诞但细微的文字，探讨了广泛存在但不被关注的有关情爱、心理的现实困境。每个人物身上都布满了时代的无力感，每个故事都带着无可消除的惘然，每位读者都能在这张合照里找到一些自己的影子"。

日本散文名家团伊玖磨自1964年至2000年期间在《朝日画报》杂志连载的近两千篇随笔作品，在日本社会产生了广泛影响，在日本文学史上确立了重要地位。这些随笔后来结集为《烟斗随笔》，我国也推出了新版作品，不过是精选集。

新星出版社推出的《圆角途书馆》系列包括《人与事》、《巴黎的忧郁》、《人间食粮》、《西绪福斯神话》、《千曲川风情》、《烟斗随笔》等，如《巴黎的忧郁》为旧译新版，我就有两三个版本了。

2012 年 2 月 10 日　日记和读书

卓越书单：《微书话》、《近松门左卫门选集》、《读书》十年（卷一）、《东京下町职人生活》。

最近，微读书很流行，比如深圳资深媒体人、藏书家胡洪侠的《微书话》、西安书人吕浣溪的《微书情》，山东藏书家阿滢的《书林漫步》，吉林作家葛筱强的《读书札记》，俺也跟着凑热闹，写了个微阅读系列。

以前写过《周刊余话》，是关于《天涯读书周刊》的故事种种，写了几十条。先后在一些报刊上发了下，最近整理电脑里的资料，又想着写一些。其实很多小故事，如果不随时记下来，可能就记不起来了。

读书民刊《今日阅读》长期关注阅读的动态和状况。今年打算继续写《周刊余话》，交其刊发。昨天看《微书话》，忽然想到以《天涯读书周刊》为中心，这几年发生的点滴小事，可记的也不少了。

阿滢兄的散文集《那一树藤萝花》，以书为主线，钩沉往事，记述了梁实秋、胡适等 20 世纪二三十年代作家的逸闻趣事，以及与谷林、王稼句等师友的交往。写人记事，也都与众不同。

关于西南联大的书目：柳已青的《绝代风流》、易社强的《战争与革命中的西南联大》以及《联大八年》，谢泳的《西南联大与中国现代知识分子》。在《战争与革命中的西南联大》中，提到了昆明人的性格，他们跟西南联大时常引发争执。1939年，冯友兰作了题为《云南人与外地人》的讲演，并发表在报纸上。后来，很多学生称赞他单枪匹马就解决了本地人与外来者之间的问题。

关于西南联大的评论看了不少，宏大叙事的多，但对联大精神内核挖掘还是不够的。在《战争与革命中的西南联大》中读到了许多不见一般史料的内容，作者的采访显然比二手资料靠谱得多。现在谈西南联大若是时髦的话，那么也是对当下的大学教育普遍不满了。

《读书》十年（卷一），按扬之水的日记列个书单，也一定很宏大了。虽然不是逐日记录，书的数量还是多的。其中的新书录跟今天的微博荐书类似。那时书的定价不高，一部一百二十元的书，都觉得价格高得离谱了，今天的书价恐怕更高一些了。

另外，这册书里还有一些饮食记录。列的是菜名、消费金额，虽然简略也颇可见证一个时期的饮食风格了。但书中也有一些应该标示出姓名的地方没有标示，想必另有隐情吧。这并不妨碍书的阅读。

同时，书里还有一些掌故，有详有略，有的不妨当史料看。偶尔书中穿插一些时政内容，可以弥补时代之背景。比如有次写钟叔河先生感叹做出版不易的事，说来，如果有沈昌文之气概，可能是另一片江湖了吧。

想起了彭国梁的《书虫日记》，连出两季，记得好玩的多，更少不了书账。同样的还有阿滢兄的《秋缘斋书事》，已经连续出了四编，而范笑我的《笑我贩书》也出了好几册，可惜后来的印量少，一般读者难以见到的。

2012年2月17日 在他的世界里找见另一个自我

2月15日书单：《四川糖画》、《无涯集》、《烟酒茶糖与礼仪》、《书简三叠》、《学问有道》、《野菜博录》、《潘光旦图传》、《盛宣怀》、《金瓶梅饮食谱》、《清华园感旧录》。

2月16日书单：《茶之书》、《汉代的谣言》、《杨氏女》、《看戏节目单》、《知日 · 书之国》、《万象》2012年1月号、《万象》2012年2月号。

《知日》MOOK系列，令人想起了《城市中国》刚创刊那几年，一本杂志做一个专题的做法，后来，成都也有册杂志叫《创意城市》，也是这样的做法，书、书店、图书馆、创意文化，大致关注这些，高下自然有分别了。

《中国：下一个日本？》，王国培著。中国是否将走上日本的老路？中国经济是否存在泡沫？这成为中外关注的焦点之一。但这样的思考有助于中国采取适当的经济政策，以此摆脱经济泡沫，走向持续繁荣之路。“中国社会主义市场经济发展至今注重增长没有错，只是这时候该转变重心了”。

情人节来了。收到一册托莉 · 莫娃的《何为女性》，女人本身是一个处于过程中的词，正在变成，正在建构，无法确切指出起于何处、终于哪里，这都是未知数。身体只是女性的处境，并非她的命运。事实上，谈论这个话题，很容易就变成俗人了。

几年前，写了篇《无怨才是佛》，后来被一位叫李云峰的人拿去，收进《日常的佛心》的书里，朝华出版社出的，隔了一年，他用云峰的名字在重庆出版社出了一次。李云峰，自幼喜欢佛学，熟读各类佛学典籍，曾点评《李叔同说佛》等数部佛学著作。

《古蜀之肺——大慈寺传》，冉云飞著。为大慈寺立传，与其说这是记录一个寺院的兴衰，倒不如看作一个寺院的经济史，对寺院的创立有新论，“文革”期间的资料详实，想起了现在某些地方的寺管干部，那时候，连和尚也能划为右派的。

《英格玛·伯格曼》，雅克·奥蒙著。伯格曼也许从不是“现代的”（面孔是一幕戏），但他无疑永远是他的观众们的同代人。对于伯格曼的解读虽然是电影的延续，也是对我们记忆的惠顾。在他的世界里找见另一个自我。

2012年2月24日　想起了胡适

1962年2月24日，胡适先生在台北猝然病逝，迄今已过去整整五十年。据报道，今天，胡适研究会等单位将在北京举办一个座谈会，参加者以在京的胡适研究专家为主，事先并没有拟定话题，但每个参加者都会准备一点感言，以此怀念胡适先生。

书单：《近代上海饭店与菜场》、《画家生涯：传统中国画家的生活与工作》、《田野中的艺术》。

校对自己的文字，还是发现不少错误之处，虽然修改再三，还是难免的。这些文字最早是写好了就发在博客上，这几年，出的几个小册子，基本上是博客上的文字整理。以后可能会整理的少了，多写一些新东西吧。

卧读在中国图书商报就职的李鲆兄新作《干吗要上班》，感慨良多，职场如战场。去年经历了一场职场的震荡，想来有时候职场的戏剧还是很喜剧的，一众人马在公司还没做出点什么时，就立马炒执行的老板，最终是两败俱伤。

《藏书报》在今年陆续推出了一系列的专栏，长文章还是多，有时候，整版一两个文章，看上去就觉得内容少了些。不过，读书文章，说其来源，也是一下短不了的，有时候也是要面临两难选择吧，好在是连续出版物，倒不见得内容非要一种模式才可。

《田野中的艺术》，洪颖主编。讲的是民间艺术，但只是采取调查的手法，缺乏原汁原味的记录，更不要说对民间艺术状况的呈现了。我们关注民间艺术，更多的是关注其生态和发展。

北京的日记文化推广者、寂寞书香兄主编的《日记序跋》、《日记闲话》、《日记漫谈》、《日记品读》，展现了日记学的不同风貌。书名由丰一吟题签。日记在研究历史中是不可或缺的部分，史料性也是有的。读这样的日记，大概也会很感慨了吧。

读书民刊《知识分子学报》在今年改为季刊出版，名字也变更为《知识分子研究》，虽然这不是第一份关于知识分子的刊物，值得关注的是，这是年轻人办的，作者也大多70后或80后，其特色是有活力，不那么死气沉沉。

自从房龙的《宽容》出版以后，在读书人圈就形成了一股房龙热。但这热是表象，其实在骨子里学不会房龙所说的宽容。这些年，房龙的书也乱七八糟出了一些，客观上说，很多只是重复的劳作，没多大的价值和意义。

《伟大的逃亡》，房龙著，曹竞仁译。有一种惊喜，这是首次在国内翻译出版。书中所讲述的是瑞典人民在瓦萨王朝的建立者——古斯塔夫·瓦萨的带领下，建立起独立国家的历史过程。

2012年3月2日　书可以清心也

书单：《手艺中国》、《书呆温梦录》、《六便士之家》。在当当订书总是不能保证及时送到。原本是在2月29日就能送到的，昨天晚上8点过，才送过来的。真是没办法，以后要少在那里买书了。

《白纸黑字》，陈文著。一个城市流浪汉，花六年时间隐居家中的斗室，整理自己二十年的记事本，写成这本《白纸黑字》，留给百年后的中国人阅读。读陈文的文字，让我想起诗人南北的禅意小品。可爱，不乏情趣，这样的文字离读书市场很远。但正如书评人、向敬之兄所说，书可以清心也。

《书生襟抱本无垠》，张晶萍著。作者以严谨而细腻的笔法，返归历史现场，再现历史风云，描绘历史人物，真实而生动地还原了近代传奇政治活动家杨度跌宕起伏的一生。在其千变万化之中，杨度的自我认同是不变的，那就是：他始终以“国士”自许。

《长衫旗袍里的“民国范儿”》，王凯著。谈民国的书多，范儿、风度、风骨，都有；还有把民国说的生猛，但很多的时候没说透，是不了解民国的精气神，以当下的世界度之民国，可能得出来的就是一个浮泛的印象。

书单：《不必读书目》、《酒罢问君三语》。刀尔登的几册书都买了。其实，作为杂志的专栏结集，我们应该容忍他的不完整性，事实上，很多专栏的状态是这样的，不能过于苛求，阅读才有趣一点。

羽戈是阜阳的有为青年。在《酒罢问君三语》里，他写道了：十八岁前我是一个皖北土著，从未出过市界，以为阜阳就是中国——于今看来，这一想法倒也有理，阜阳无疑代表了中国最恶劣的那一面。那一代青年，如果读书，大概不等到读大学是很少有机会走走的。不过，现在的情形早不同了。

从阜阳出来的文化人很多。但说起老家的事，也大多只是说说而已。记得以前在一个老家的 QQ 群中，对地方问题不能提一点意见的，否则就像背叛故乡一般，这倒有点和重庆（自恋、不能批评）相类似的地方呢。

环保 NGO 刊物《中外对话》，关注了一两年了。该期刊以中英文双语排版，在这里，你可以两种文字读到全球记者、学者、官员、NGO对中国和世界环境的深入报道和分析。对一些地方如怒江水电开发的问题，多有质疑和反响。这几年，随着对环境的持续关注，人们对自然生态平衡的关注也越来越多了，这是好事。

《小清新》，韩浩月著。这是一个有关书和文化的结集，内容好看，读来轻松自在。很多内容其实大都熟知，虽然之前零散地看过不少，但缺乏整体的认识。这次再读，仿佛是对谈，边喝着小酒，颇有点快意江湖的意味了。

董乐山的书记得以前好像买过几种，逛淘书斋，顺便买了册《译余废墨》，这是读书文丛之一种。著作有《译余废墨》、《文化的休闲》、《文化的误读》、《边缘人语》等；译作有《西行漫记》、《巴黎烧了吗？》等。他翻译的《西行漫记》是斯诺这部关于中国革命的经典性著作中文译本中翻译得最好、流传最广的一部。

林贤治曾在《只有董乐山一人而已》中说，董先生始终是一位启蒙战士，所以不同于那些一般的信守“信达雅”的翻译家。许多翻译家，哪怕最著名的翻译家，他们的译事，都大抵不是出于专业的目的，就是关乎纯粹的个人趣味，很少有人做到像董先生这样跨越专业，以社会改造为旨归的。在翻译家那里，注重的仅仅是阅读，是知识；在董先生这里，注重的则是命运和前途，是关于社会人生的大问题的思考。

2012年3月9日　书话不是读后感，应有批评有赞赏

书单：《寂寞的画廊》、《时空之海 · 看云听雨》、《民国时期成都出版业研究》。之前读过陈之藩的《散步》，这次网上只找见两种了。

《独立书店，你好！》第二季，延续了第一季的风格，独立书店时下越来越难做，自从第一本出来之后，成都的弘文书局、时间简史大书坊、印象大书坊已经关门了。这是没有想到的。不过，对书店的看法，随着了解的增加，也会有更多的认识的。

天涯读书开版五六年了，做到今天，虽然算不得多么成功，但团结了许多读书人，大家不为利益而写作，只为了分享不同的阅读感受，这样的一种特色，好坏都可以说，却无形中酝酿了民主的观点。今天刚好买了一册书，《民主是可能的吗？》这显然不是问题了。

《手艺中国：中国手工业调查图录》，鲁道夫·P·霍梅尔著。在那手艺中既可以看到历史的沧桑，也能看到岁月的变更。但不管怎么说，因为那些手艺流传多年，未曾改变昔日的模样，看来也是格外亲切的。

《电影书写札记》，罗伯特·布列松著。从根本上看，电影书写这种形式既有对艺术的介入，也是艺术的介质之一，其所构成的是艺术的一部分了。但在日常与传奇之间，布列松只是陈述了他观察的一些“真相”，而这则跨越那些令人眩晕的虚空，抵达艺术的现场。多年前有一个版本，这个更为精致一些了。

《悦读时代》，2011 年 6 期。有夏春锦和孙卫卫的读书日记，也有意思。现在写读书日记的多了，是不是有时间可以出一个读书日记系列。在我，做这些事情都是兴趣，也不想让其有更多的商业，更纯粹一些，也许才是自己想要的。

收到《开卷》今年的一、二期，有桑农和沈胜衣的短小书话，却见性情。有的书话写来写去，也不见性情，遇上大家，仅剩仰望之情了。书话，当然还有一层对话的意思，作者与读者的对话，穿越时空，抵达阅读的现场。

当然，写书话，离不了名人效应。但不是每个人写的一本书都是那么令人满意，都能超越此前的作品。也因此，书话不是读后感，有批评有赞赏才是。记得以前也有“啃老族”之说，很形象的说法。书话的退步，不是大家都愿意看到的状况。

收到巴陵兄的《村庄散记》，这书做的有点粗糙。也打算有时间写下老家的事。更多的是留下个人的记忆。对于乡村的书写，或许更应该从广义上看，不局限于某一个点，看不到一种思潮和趋势。

2012 年 3 月 16 日　用文艺的眼光打量这个世界

书单：《南京》、《杭州》、《北平》、《上海》、《广州》、《园圃之乐》、《情色之花》。在绵阳发现一家小书店，叫小雅书房。人文书超多，还偶然可见一些港台版的书。其购书袋上印的是梵高的一句话：我在内心深处，总是想着要画一家暮色中的书店，有着黄色与粉红色的外貌，宛如黑夜中发出的光芒。

小雅书房是绵阳最早的人文书店，里面有《读库》的系列笔记本。台湾的《汉声》杂志也有一些。顺便买了书两册：《植物学通信》、《难忘的书与插图》，诗人刘泽球买了竹久梦二的书。

读书风景文丛，这次推出了十八位作者的读书随笔，展现了不同作者的阅读趣味。实际上，书话出到今天，我们也在反思，书话的未来，以及书话学的构想。现在，我们期望通过读书随笔的形式，让阅读变得更有趣一些，不像书评那般刻板，不像书话那般容许一些八卦。读书随笔，更多的是一个人的思想表达。

做这样一套读书随笔，基本上是年青一代，他们在当今的读书圈中还属于被忽略的一群民间读书人，活跃于网络、报刊。这次呈现的就是这样一种读书人的状态，可能观点少了一点，但都在文字中有所表述了。而这，需要去细心发现。

《植物学通信》，卢梭著。在《忏悔录》中，他声称他本来有可能成为一名伟大的植物学家："因为我知道，世界上没有哪项研究比植物学研究更适合我天然的品位。"这是一部通俗的植物学小品，原书名义上写给一个五岁小女孩的。这册书文笔优美，对植物的讲解清晰有趣。

《车行途中》，白鹤林著。诗集。收短诗、小诗、组诗九十六首（组）。评论者认为，白鹤林的诗歌创作题材广泛、思想深邃而极具现代性，既有对绵阳城市人文的深切关注，更有对生命和艺术的深刻感悟。从诗集中，可以领略到作者目前诗歌创作的艺术特色，以及二十年间的风格演变轨迹。

《终点》诗刊第八辑。《终点》诗刊出了十多年，出了八册，数量不算多。但其品质在众多诗歌民刊中也还是最有特色的。诗刊不仅有诗歌，还有诗歌评论，从地域上看，选稿并不局限于绵阳一地，诗人还分布在成都、德阳、重庆等地的。

《蜀道》创刊号。主编李兵。诗歌民刊。肖开愚在发刊词中说，我认为"蜀道"——不是刊名而是刊物的立意——暗示的三种认识最好是三个告诫。一是四川的思想和学术传统值得连续，但需全面检讨格局的批评性连续；二是四川诗歌风格已经改造，但尚未完全摆脱浮想和玩弄的腐朽习性；三是地理依附心情绝非出川就能弱化，包裹盆地的天然屏障绵延在川人的意识里面，自诩为锁住的肥沃。

《沉默的大多数》，王小波著。以前读过一两次，这次是重读，依然有味，可能今天的很多人不太喜欢他的语言风格了，但他的魅力不减，他的随笔，时常让人想起冷笑话之类的东西，那种洞见是这个时代所缺失的。

《文艺犯》，王恺著。在面对《文艺犯》可能我们也会有"用文艺的眼光打量这个世界，它还是温情的，不那么残忍”的感觉，但说机智，连毛尖都比不上，更不用说张爱玲了。而这或许用迈克的话来说，或许更为恰当：游走这种无赖行径，被王恺发展成行为艺术。读这样的书，并没有网上评论的那般好。

2012 年 3 月 23 日　中国书评人俱乐部成立了

3 月 22 日下午两点，藏书家、读书刊物《书人》、《文笔》编辑萧金鉴先生在长沙去世。萧先生长期主持民刊工作，在读书刊物圈中享受盛誉。

萧金鉴老师多年来编辑《书人》杂志，我见到的最早是湖南弘道文化传播有限公司在做，后来，岳麓书社接手在做。杂志一直由萧老师编辑，杂志风格独特，每期有一个读书人的专题小辑，两三篇文章，为这样的组稿，付出的心血很多。想着由于萧老师的逝世，可能这本刊物要停刊了。

在读长沙青年学者斐游翻译的作品《你以为你为的就是你以为的吗》，没读以前觉得可能是哲学作品，读了一下，好玩有趣，翻译到位，第一次读他的翻译作品，真看不出来，酒喝的好，书评了得，想不到……

3 月 22 日，中国书评人俱乐部成立。一群爱书的朋友，聚集在一起，以书取暖、御寒，在这个季节，去除浮躁，让我们的生活多一些养料。做这样的组织只是散漫地交流、沟通，却未必要做多伟大的事情。

云南昭通作家、夏吟儿老师写了篇名为《昭通作家群的局限与困境》的文章：昭通作家比较关心得奖，不关心作品在读者中的影响。荣誉对人的心理考验巨大，昭通文学陷入了“得奖焦虑症”。昭通作家群缺少批评风气，容不下正常的批评火药味。一些作家过度渴求掌声和鲜花，习惯于互相吹嘘，沉迷于歌功颂德。

事实上，不只是昭通作家群存在这样的状况，这也是当下的社会浮躁气息在作家群体的反映。作家在某种程度上将文坛视为名利场，却忽略了作品本质，也就造成了繁荣的假象。文学这东西，在中国作家来说，可能更多地考虑的是时事的需求，却未必讲究思想和独立性的。

书单：岱峻的书三册，《消失的学术城》、《发现李庄》、《李济传》。在网上看到消息说，他的《华西坝》出来了，却没见到有卖的。

《西安事变新探》，杨奎松著。作者运用中外权威资料，梳理这段历史公案，其精辟的解说、合乎情理的推论、独到的见解、晓畅的文字，引领人们在重温扑朔迷离的历史时探究真相。这在某种程度上，弥补了我们对这一历史的欠缺。诚然，我们在追寻西安事变的时候，不仅是在还原历史的现场，探求真相，更为要紧的是，通过历史的还原，让我们通过这样的梳理和探索，挖掘事件的根源，从历史中汲取养料，“冷静地审视过去，然后去看待我们的未来，尽早学得聪明些，不要总在一个坑里繁复折腾、反复跌倒”。（张鸣语）而这也正是历史所给我们的启示了。

《不曾苟且Ⅱ》，啄木鸟编。他们是一群秉持独立精神的写作者，带着满身才情，写下他们对周围世界的观察和思考；他们不苟且行事、不苟且为文，行文恣肆，余味无穷。在这个时代，还能保存这一份情感，也是很难得的了。

《如此书房》，薛原编。在薛原编的《如此书房》中，几十个书房一一呈现，对于一个书房爱好者来说，不能亲临围观，在那些书房里作客，能纸上亲近，多少也是一种幸福。更何况，这些书房就像《坐拥书城》的中文版序里所说：“我们的书房所呈现的不只是学问知识，它们还把我们与过去、现在和未来相连。”

2012年3月30日　很安静的书

《风檐展读》，孙永庆著。此前，与永庆兄有联系，那时候想出一个台版的册子，因为出版机缘不太成熟，就没有出版，这次终于出了内地版，可喜可贺。这几年，也在尽力帮书友出书，说到出这样书，更多的是一种整理，纪念吧。

《天涯读书周刊》计划在4月份推出纪念藏书家、《书人》、《文笔》杂志编辑萧金鉴先生的专刊。届时，将把纪念刊做成电子版，供大家下载，对前辈的纪念，或许能弥补我们在这一块的不足。

海豚出版社推出由书评人眉睫策划的经典怀旧系列有意思，全部是老版书的再版，插图也是老版的。看老版的书，有回到过去的感觉。

深圳作家钟二毛的《我们的怕与爱》到手。二毛兄的短篇小说一直写得很好。第一次看到他的长篇小说，惊喜。每次去深圳，几乎都要聚在一起，聊书，过的是神仙生活。

《我们的怕与爱》融合了多种文体，比如话剧、日记、小说、纪实报道，里面还穿插了诗歌，看来很轻松，几乎一口气读下来，不觉天已亮，很久没这么畅快地读小说了。

收到方交良先生寄来的《六桂堂读书记》，并手札。给小孩子看手札，却连字句都读不完整了。是不是有必要学一点书法呢？那样，至少以后面对书法，多少知道一点儿吧。

他日有空闲，不妨做一下读书日记的书，这也很有意思。但读书日记如果仅仅是读书的摘录，或失之枯燥，倒是像淘书、书友往还之类的都可以记录下来。单一的记录，可能使书缺乏丰满和想象。

阿英的《小说三谈》，民国版的价格太高，幸好昨天淘到了一册新版的。繁体本，竖排版。封面的字是手写体，不大留意，也许会误以为是签名本的。

安吉拉·卡特的《焚舟纪》，短篇小说集，五册。每册一两百页的样子，读来，很快乐。很多时候，我们做书的，卖书的，总觉得书厚才好定价一些，才有人阅读的，这是不是一种错觉？

看《时代女性》杂志创刊号，很安静的杂志，没有服饰，美容，医院的广告。安静的，距离这个春天，像一种风景。成都这几年，倒是有不少杂志生生死死的，见多了，每有新杂志亮相，唯有祝福而已，

跟四川文艺出版社编辑王其进在微博上交流多日，第一次见，在米瑞蓉新书发表会的活动现场送了几册书。诗人安遇的新诗集《后来我们说》，魏继新的《辛亥风云路》，米瑞蓉老师的《留守男人》，签名本。

2012年4月6日　是不是以后写字也变成了手艺活

《或许》诗刊创刊号出版。出刊人为诗人张卫东。他在编者的话中说，《或许》是一个平台，一个关乎诗的平台；《或许》崇尚诗人与诗写的独立精神和品质，展示诗写的多种立场、向度、审美趣象和表达形式；《或许》告诉大家，就诗质而言，文本的诗写在词语的、技术层面的多种切入与展开的可能，即诗可以这样写，也可以那样写；《或许》关注有实力或潜力的诗人，注重文本质量；坚持自然、原创、无地域、无流派之分，并暗示着办刊方略的多种可能。

《大国霸业的兴废》，许倬云著。在不同的历史学家眼里，历史也是具有多样生态的，而一旦这样的生态被破坏，社会、经济、文化都将受到影响。在历史学家许倬云的《大国霸业的兴

废》中，不仅在旁观历史的兴衰，还深入历史的肌理，洞悉历史演变的奥秘。

一个国家或一个朝代兴盛的时候，都是一些年龄壮盛的人员组成共同体。经过年代的更替，有些领导分子换成年轻的一代……老一代如果活得太长，把持权力太久，就会使得中枢系统的功能衰退……如果“细胞”更换，换上的是同一个模型的翻版，形态固定，也就未必有应变的能力。

在政治体或社会体内，当权得势的阶层，长期封闭在自己的意识形态和思考习惯中，不容易理解这一共同体的其他部分或是基层“细胞”成长的需求，则共同体就可能逐渐趋于僵化，最后趋于澌灭。（许倬云《大国霸业的兴废》）

读书随笔在今天不再有多新鲜，而集结大量的同时代，或称之为新生代的读书随笔还少见。读书，姿态和状况各不相同，在不同人的笔下，也会有很大的差异，这样的集结，让我们阅读、分享，也是快事一桩的。

《书脉周刊》在今年创刊。这是刊物《书脉》的延续，其内容丰富，文章也精彩，还有日记可看。其实，现在做读书类的报刊虽然艰难，但还在坚持，说明这个社会还是有希望的。

看到周围有好几位朋友写有读书日记，很羡慕。但自己很难坚持下来，记一两天可以，时间久了，就坚持不下了。今年开始手写，但也只是坚持了几个月，呵呵，时常会提笔忘字的，是不是以后写字也变成了手艺活？

3 月 28 日出版的《城市画报》，做的是荒岛图书馆特辑，有几家书店不错，还有漏书单可以看，也有书在不同地区的出版时间差。这还是比较有意思的话题。其实，就书的事来谈，可以做的话题很多。只是如何做出新意是一个关键的。

《新视线》2012 年 4 月号。主题是癫狂纽约，其实很多城市作为旁观者来看是很有意思的。但更多的时候，我们置身其间，旁观的视角时常被打破，看到的景象就不太一样了。局限与空间感或许更为重要一些，但我们总是难以跟城市产生那种疏离感。

写书房里的一段：成都诗人何小竹有个短篇小说叫《别羡慕人家的乳房大》。那么，对一个爱书人来说，大概也没有羡慕别人书房的道理。说到底，自己还年轻，还有能力有朝一日把书房变得阔大起来。如此一想，倒也轻松了许多，在自己的书房小天地，能辛勤耕耘，收获些许，就已经满足了，何必在乎那许多不及书的事情呢。

2012 年 4 月 13 日　在书店看书，是不是有点矫情

《上海里弄文化地图 · 石库门》，姜庆共、席闻雷著。里弄文化、胡同文化，以至于街巷文化，在这几年颇为流行，其实作为城市的肌理，或许更让人感动的不再是宏大叙事，而是那些细微的东西。细节决定了一个城市的风格。

《奥古斯特 · 博尔热的广州散记》，作者是法国著名画家、旅行家，曾于鸦片战争前夕到中国旅行，留下许多珍贵的绘画和素描，并且还写了多封长信为巴黎的朋友们介绍他在南部中国所看到的情况。他回国后，就把信和绘画组合成《中国和中国人》出版。不过，现在读来，找到的只是老广州的印象了。

《书店传奇》，书店是一种风景，在钟芳玲的眼里，故事更多。这册书是作者遨游英美书世界的一连串书店奇遇记，也是多年来积累的传奇故事集；在她的引领下，我们不仅欣赏一幅幅书店风景，进入书天堂，更从中领略到不同的人生况味、趣味与品味。

钟芳玲现在出了三种关于书店的书，即《书店风景》、《书天堂》和《书店传奇》，这可以说开启了内地书店的发展新视角，

借鉴和应用会越来越广泛。在书店间遨游，这一种景象也许会成为许多人的梦想吧。

《蒋介石与民国名人》，王道著。写蒋介石的书多，而关于民国名人的书尤其多，但甚少这样的论史有道，论说清晰的书。到底对民国的书写一如今天的浮躁社会习气，缺乏有深度的钩沉。有作家说，历史的成败在于细节，《蒋介石与民国名人》不搞宏大叙事，不八卦，有考证，是难得的一本民国史专书。

时常逛书店。但不太习惯在书店看书，总是觉得那有点太矫情了。书店更像一个购物的场所，再说许多书店的环境不是可以随意看书的，而看书还是在家里好一点，是可以以各种姿势阅读的。

这个周末，可以读一下中研院近代史研究所口述历史系列，现在第一集七册，已经有了四册。读历史，长不长见识倒是在其次，总会有好作品的出现值得期待，历史毕竟不是任人打扮的小姑娘。

《中国新闻周刊》连着两期做的是走出“文革”、重建故乡，似乎两个地方都没有达到，以至于在日常生活中总能发现它们的影子。对我这一代漂在城市，留居在城市的人来说，念念不忘的是故乡，虽然看上去很时尚，骨子里却是很传统的。

重建故乡，不知道那个故乡在现实中是否能重建起来。

《民国文化隐者录》，方绍毅著。从小小温州走出二十多个现代文化人。在风云变幻、时代转型的社会大背景下，他们的传奇故事，于小处见民国知识分子心路历程，展现了一幅幅文化人生活的图景。其实，每个城市都有这样的人物的，只是更多的时候缺乏这样的记录罢了。

4 月 10 日，最近都是关于各种社会谣言的话题，讨论很多，谣言止于常识，也止于智者。那么，找出《谣言》一书，晚上就读这本吧。

2012年4月20日 读点有意思的书

书单:《穿“动物园”的女编辑》、《名居与名器》、《杯光酒韵》、《书店传奇》、《册页晚》、《中国乡村生活》、《中国人生活的明与暗》。

收到山西作家杨栋寄来的著作《天鼠集》、《卧虎集》和《玉兔集》。这套生肖文集，十二年出完。这是一个工程，而这个系列现在已经出到第五册了。迄今为止他已经出版了四十余种著作，这在作家中也算是了不起的成绩吧。

《史客》，萨苏主编。书名也寓意“时刻”。萨苏说,《史客》丛书每两月一期，一期一个主题。《史客》的定位以历史深度阅读为使命，编辑初衷便是带读者到历史中去做客。这跟《白纸黑字》系列关注当下，构成了强烈的对比。

这一期《史客》中有两篇相对独立成章的书摘，似乎不是很妥当的处理，尽管可以看到即将出版的新书的书摘，却总让人觉得有点广告的嫌疑。其实，图书做书摘也需要做得漂亮才好。

《册页晚》，车前子著。率性，自然，相对应那些矫揉造作的篇章，车前子的文章犹如月光流水。在这个时代，我们还能过得跟时代有疏离感，也是一种风景。迄今，车前子出的书，基本上我收齐了。

《芳草地》2012年新春扩大号，谭宗远主编。刊物朴素、大方，文章读来别有风味，风格不局限于某一类文体，读书自然是重头，也有人物等文章，这在读书类民刊中，也算得上是翘楚了。

2010年在第八届读书年会上初见谭老师。其实，也早就知道这本刊物。去年谭老师也曾寄刊物来，因为小区所在的街道名称是刚取的，邮局不太清楚，就退回去了。南京的董宁文老师寄的《开卷》也曾遭遇如此尴尬的情况。

《杯光酒韵》，聂鑫森著。酒的文化、故事流传颇多，好玩、有趣的不少。在这里，作者以一个作家的视域，以中国古代的诗文为切入点，以文学的感受为催发剂，去漫笔“酒文化”中让广大读者魂牵梦绕的“热点”，予以聊天式的评说。

《中国乡村生活》，明恩博著。书中涉及中国乡村、乡村结构、乡村名称、乡村道路、乡村渡口、乡村水井、乡村商店、乡村戏剧、家庭的不稳定性等内容。是西方的中国形象之一种。其记录的虽然是历史久远了点，却有着重要的参考价值。

西方的中国形象丛书，共十三册：《美国的中国形象》、《变化中的中国人》、《中国变色龙》、《中国人生活的明与暗》、《中国人的气质》、《中国乡村生活》、《穿蓝色长袍的国度》、《十九世纪西方人眼中的中国》、《中国和中国人》、《道一风同》、《青龙过眼》、《真正的中国佬》、《西方的中国及中国人观念（1840–1876）》。

2012 年 4 月 27 日　卧游天下

英国作家詹姆斯 · 希尔顿的名作《消失的地平线》新版即将亮相啦。这本书还是蛮值得期待的一本书，无论是装帧设计还是翻译文字，都十分到位。跟以前的版本相比，可以毫不夸张地说，是一时之选。

看四川师范大学龚明德教授的博客，才知道《李劼人全集》，也有失收的文稿，错讹更是不在少数。其实，出这样的全集，应该避免的一些错讹还是出现了，说是编校太粗心，还不如说参与的人没有耐心做一些工作，以致如此。还没打开手头上的书，不知道看到的是遗憾，还是“惊艳”了。

编剧、作家占戈最新出版的长篇小说《不结婚，会死？》到手，把结婚看得如此很夸张，也是奇事，可能跟这个时代的婚姻观有关。看前几章，有些意思，其实，对于结婚这回事，还真没必要那么在意外界的看法，毕竟你不是和世界结婚嘛。

4月22日，天气不错，在家里，阅读任祥的《传家》，四卷本，把中国人的生活智慧直接呈现了出来，内容丰富。现在的书可以有很多做法，不管是加法还是减法，只要好看、有营养就成。

江苏人民出版社近期推出的文化生活丛书有点意思，基本上可以卧游天下。买了三种：《爱尔兰的体验》、《好奇的追寻》、《安达卢西亚的幽灵》，书装朴素，只是价格偏高了些。谈文化生活，很显然我们更偏重于事实描述，而在西方文化中，更偏重的是在文化间的游走了。

书单：《读库》1201、《云南甲马》、《匠心独运》、《新编德宏风物志》、《叫魂》。

每个社会都以自己的方式对政治权力的限度作出界定。没有哪个社会愿意长期容忍不受限制的专权。——孔飞力《叫魂》

既为“盛世”，何以妖术横行一节认为，即便处于盛世，但在近代中国的前夜，整个社会充满了一股戾气，用作者的话说，叫魂恐惧向人们“凸显了一个特别令人不快的方面：即以冤冤相报为形式的广泛弥漫的社会敌视”。——孔飞力《叫魂》

云南诗人杨镇瑜最近推出他的旅行文集《去边境走私风景》，虽然只是云南少数地区的行走，但在他写来很好玩，有野性，跳跃的文字间不乏诗意，诗人的作品一般来说，都是大可期待的，不仅是其中的诗意，就是文字的跳跃也有着不同的动感。自从2010年在江油诗会上跟他相见，一晃快两年没见到了。

在京东上订了几册书，想着五一长假在家，不出远门，读读书，多美好的生活呀。可能要失望了，因为一些书还在去库房的路上。好在手头还有好几种书可以慢慢去阅读的。

云南著名影评人、内陆飞鱼兄推荐了云南出的旧版书系，一套十六种，买了十一种。还有几种只有等有机会去昆明的书店去淘了。

最近，偶然有兴致写一写老家的故事，看了一些写乡村的书，有点意思，为一个名不见经传的地方立传，确实是麻烦的事，但如果让记忆白白地丢失了，也怪可惜的。也许这故事，可以给后辈一些记忆吧。

2012年5月4日　翻阅时光

书单：《昧旦书》、《喜乐京都》、《昆明的雨》、《没有记忆的城市》、《草木的理想国》和《可操作的民主》。

书单：《欲望号街车：流行文化符号批判》、《鼠男》、《看历史》2012年4月号、《时间的形状：相对论史话》、《与之言集》、《董桥七十》、《白》、《欲望的教育》、《电影或想象的人》、《飘零一家：从大陆到台湾的父子残局》、《倒退的年代：跟着大师艾柯看世界》、《我家的阳台菜园》。

看寿岳章子的《喜乐京都》，那些老街区、老店铺，以及由此演绎出的种种故事，满令人怀念。但现在我们的城市，有多少老街区、老店铺存在？那又有多少温馨的故事可言？这比较，会让人气短的。

萧易的《空山：静寂中的巴蜀佛窟》，文字、图片都很赞。这是巴蜀佛窟的大全，以人文地理的方式书写，田野考察的方法让这本书远离人文地理类的书。关于巴蜀佛窟，或许我们关注的更多的是精神家园与现实映照，比较我们面临的时代是前所未有的。

上个月订的一些书，5 月 2 日才送到。有一些是可买可不买的书，还是买了。对很多书虫来说，买书不过是满足一种占有欲罢了。

学者冉云飞曾在大象出版社出过一册《手抄本的流亡》，因为印量太少，在旧书摊上从来没有遇到过，虽然如此，还是相信在某一天会偶遇的。还是忍不住感慨一下：好书在旧书摊上也少见了。

最近看的书都不是太厚，书做成一百多页的厚度，十万字之内，也许会成为风景。读来轻松，携带方便，大部头相对就没有这么多的优势。

假期第一天，在家，收到内陆飞鱼兄推荐的云南的旧版书系，书都很薄，可以卧游一个假期了，真好。

2007 年的时候，一帮人做了本杂志叫《成都客》，后来发现江淮晨报有个周刊叫《合肥客》。有次在旧书店买了本书，叫《重庆客》，最近，南昌的朋友做一本杂志叫《南昌客》。以“客”为名，记录时代与生活，文艺与风尚。赞同四川烹饪杂志的九吃兄的说法，做杂志不能仅仅做专业，也应该有时代记录，反映一个时代的性格。

浙江桐乡的王立兄曾在天涯读书相识。他出了好几种书，其中一册是《蝴蝶梦》，这是一本重述与追寻梁祝经典爱情的小说，老故事，新看法。以前，重庆有家出版社做了重述经典系列的书，反响不是很大。重述经典，看似简单，却需要更多的内容、观念支撑，才能推陈出新。

巴金故居副馆长周立民的《甘棠之华》毛边本到手，编号为 147 号，是《点滴文丛》之一。《点滴》杂志虽然是内刊，品相却不俗。令人大开眼界的作品也很不少，连续读了好几年，感慨也不少。而他的读书随笔集则《翻阅时光》介于书评和印象之间，是印象阅读丛书之一，值得一读。

2012 年 5 月 11 日　说说当下的书

夏日读书总是慢一些，也似乎是为了适应夏天的炎热。好在家里有几册可读的书，不必出门，也就算是逍遥一夏了。

罗文华说，讨论书话很有意义。还有一个重要原因，当今书话的作者和读者素质都很不够，不藏好书，不好好读书，不做学问。看看报刊和博客，各地很多“爱书人”、“藏书家”实际上都不过是签名本、毛边本的追求者，是另类的“追星族”。整个“读书界”太差了。这话说得有理，不妨揽镜自照一下。

出了新书，总是有朋友要书，说是支持一下。这也没错，对作者的最大支持则是去书店买书。作者送书，时常会在旧书摊上遇见自己送出去的书，那敢情不是美好的事情吧。尽管送出去的书，如同泼出去的水，其命运已跟自己无关了。

南京张守涛兄的《说说当今这些文化名人》，最早在天涯读书版连载，后来，曾计划推出台版书，但出版社总觉得台湾读者未必对内地的文化名人有兴趣，只好作罢。现在由上海贝贝特推出。也是好事多磨吧，好书终究是要跟读者见面的。

书单：《细味：食物的往事追忆》、《从集市上来》、《余英时访谈录》、《书到用时》、《北京，最后的纪念》，费八十元三角。

《细味：食物的往事追忆》的作者是李子玉，乃李玉莹也。这本书，不过是几年前的那本《食物的往事追忆》的再版，大可不必再买的，对于再版的书，总是需要一个理由才会买的。

香港作家叶辉的《书到用时》说是他在内地出版的第一本书（2012 年 3 月），而他的《昧旦书》是 2011 年 10 月出的，显然更早一些嘛。也许是《书到用时》出版时间花得久一些，从第一本变成了第二本了。

书单:《重品梁实秋》、《我想遇见你的人生》、《万象》2012年3月号、《万象》2012年4月号、《读书》十年(二)。费七十二元。

2012年5月18日　做有料的乡土文献

书单:《历史学家茶座》第二十六辑、《威权统治的转型:关于不确定民主》、《路德维希讲述尼罗河的传奇》、《村上广播》、《没有意义就没有摇摆》。

山东人民出版社推出的《历史学家茶座》已经做到第26辑了。看的虽然不是全部作品，也多少可以窥视一下历史的某些隐秘所在了。谈史的路数虽然各家相异，但就是这样的差异让我们分辨出了历史真伪。

书摘:谣言一如传奇，没什么可怕，只有对谣言的迷信和恐惧才是可怕的，充斥于社会的谣言其实一直反照着我们的恐惧与欲望。——叶辉《活在谣言充斥的时代》

温州方韶毅兄主编的《瓯风》，很有味道。现在许多地方对乡土文献、乡土记忆的挖掘很多，但像《瓯风》这样做得有品质还是很少。窃以为，要做这些还是做有料一些的好。

5月15日，听钟芳玲聊书店的事，很开心。现在的实体书店虽然日子艰难，还是有新的书店在开，书店业不会死去，因为读书人还在。虽然很多书店可能因为这样那样的原因会关门。

盘点下家里跟书店相关的书:《独立书店，你好!》《独立书店，你好》(第二季)《书店传奇》、《书店的灯光》、《坐拥书城》、《书店》、《神保町书虫》、《六便士之家》、《查令十字街84号》、《旧书与珍本:戈德斯通夫妇书店漫游记》。

诗歌刊物《芙蓉锦江》现在已经出刊十一期了，已经办了六年，出刊的速度不是很快的。品质却是不低的。从最初的诗歌事件梳理到现在，虽然栏目已经变化了很多，现在还是在经常关注诗歌事件。做一份民刊，时间越久越能见出它的品质的。

5 月 17 日晚 19：30，书店达人钟芳玲在百花潭畔毓秀苑进行第二场书友会。

这几天，听了不少她的见解，以及对书店的观察，收获良多。犹如一起去观看书店，这让人想起诗人杨然的一句话：“仿佛我也混在里面喝了一台酒。”

《新视线》5 月号推出的是自主出版。在这一块，很多免费电子杂志也有上升的空间，就看怎么去运作了。自主出版，也许在以后会成为一种潮流的，多元文化的传播，还是靠多种方式进行的。

这期的“编者的话”介绍说，世界上最大的青年媒体平台 VICE，它的工作是帮助 16 至 25 岁的年轻人了解这个世界，它用了十七年的时间从一本毫不起眼的免费爱好者杂志，发展成为如今跨视频、平面和音乐的多媒体平台。

误杀好人和误禁好书是一样的。杀人只是杀掉了一个理性的动物，毁掉了上帝之像；禁书却是禁掉了理性本身，毁掉的是瞳仁中的上帝圣像。——约翰 · 弥尔顿

自主出版，它不再像萨米亚特一样只是地下出版，因为它不再需要面对权力的压制；但它也不仅仅是 fanzine 式的社会性次文化刊物，它更突出地表现为作者性和个人性。这在一个日渐均质、平板化的世界里，尤显重要。

更多的独立杂志，完全可以跟这个世界保持距离，以一种观察者的角度，关注、接受、分析、处理，并最终以一套独特的方式，面对这个世界，但我们更多的时候是提倡介入，这样的艺术观，让人时常会迷惘的。

关于出版物的期待：我们真正想做的是从中发现世界的本

质，发现那些被遗忘的令人兴奋的角落，这才是最要紧的。关于自主出版，探索之路或许更为久远，即我们想从中想观察到什么。

2012年5月25日　成都的书吧少了

书单：《法国文人相轻史》、《日本手工艺》、《工艺文化》、《工艺之道》、《民艺四十年》、《茶壶：有容乃大》、《茶杯：美的开始》、《茶席：曼荼罗》。

书单：《看历史》2012年5月号、《诗的见证》、《如何读，为什么读》、《迷人的谎言》、《东京散步》、《吴虞和他生活的民国时代》、《古蜀之肺：大慈寺传》、《迷路的诗》、《过客》。

《迷人的谎言》，崔卫平著。连续读这本书，有点慢，有点压抑，电影的解读原本是可以很美好的事，但有时却充满了迷人的谎言，让人感叹，让人唏嘘。有时候不在于故事的传奇性，而是拿出内核中有令人感动的东西。

伍立杨自选集即将面世。这套自选集包括《美谈》、《兵谈》、《艺谈》、《史谈》。伍立杨被誉为“现代文言的实践者”，他的书有一种文字之美，但思想丰富多彩，跟这个时代并不“隔”，不是要在传统中复活，而是在传统与现代中生活。

昨天，去逛了A4艺术书吧，在那里喝茶、聊天，读一读新到的书，也别有一番味道。阅读的在场主义，其实是我们需要一个阅读环境的存在。在那个天地里，阅读虽然看上去是无用之事，却让我们找到丰富生活的方式，所谓营养在于我们自身能在复杂世界里自由生长。

成都这几年也有一些书吧出现，大都不温不火，做个几年就消失不见了。这并非是其内容不够好，而是经营思路和模式跟不上现在的消费趋势了。即便是书吧，也要时时与时俱进，又丢不掉自己的传统才好。

武汉儿童文学作家、彭绪洛见写的童话系列很有意思，而且推出的作品都是以系列的形式出现的，比如《少年冒险王》系列、《少年奇幻冒险》系列、《兵马俑复活》系列等，有三十余部作品。最近又要推出新作品，令人先睹为快了。

5 月 19 日晚上，陪钟芳玲逛书店、书吧，在芳草西二街的三重奏音乐书吧的洗手间里，看到这样一句手写的话：教育不是为了教会青年人谋生，而是教会他们创造生活。——W.A. 怀特

今天下午，上海的陈子善老师将来成都进行一场讲座。漫话张爱玲，发掘民国作家的遗作或恢复他们的面目，陈子善多有贡献。他也是一个妙人，在微博上时常会遇见，却还是第一次见他。找出他的两册书，活动时去签个名。

2012 年 6 月 1 日　艺术家的生活情趣

最近，新版的《张爱玲全集》出版。张爱玲的文集出版了不少，现在出的不过是陈饭热炒，书的内容还是那些内容，只是在一些细节上有些微的差异。这并不能构成再买的理由，相对而言，老版本的，更应当是惹人喜欢一些。

著名红学家、古典文学专家、诗人、书法家周汝昌先生，于昨日凌晨 1 点 59 分在家中去世，享年九十五岁。周汝昌先生是新中国研究《红楼梦》的第一人，享誉海内外的考据派主力和集大成者，但对他的批评意见也不在少数。

书单：《香草文化史》、《我们儿时玩的游戏》、《面具》、《清代在华的英国博物学家》、《乡关何处：故乡？故人？故事》。

5 月 25 日下午，先去诗婢家看北京匡时 2012 年春季艺术品拍卖会精品展暨“过云楼”藏书全国巡展成都站的展览，晚上，去听上海陈子善老师漫话张爱玲。

“过云楼”是清代江南顾氏著名私家藏书楼，有“江南收藏甲天下，过云楼收藏甲江南”之称。清末世家藏书大多已进入海内外图书馆，“过云楼”藏书的四分之三也已转归南京图书馆，只剩这一百七十余种还在私人手中的国宝级藏书。宋刻《锦绣万花谷》是一部类书，自成书以来享有盛名，清代著名学者阮元有“书成锦绣万花谷，画出天龙八部图”的诗句。《锦绣万花谷》的重要价值，在于它保存了大量佚传古籍中的部分内容，堪称宋“百科全书”。

终于见到了一册绿妖的错版小说《北京小兽》，这本小说还有序、跋可以读。序言是柏邦妮写的，跋是周云蓬的作品。现在读小说，长篇是难得一看，总觉得时间花费在这方面，读的东西不好，反而有浪费时间之感。

这两天，读了冯峰的《残楼、海棠与老王》，蒋一谈兄的《栖》，在读俞晓群老师的《蓬蒿人书语》和《画商日记》。感想很多，有时候，我们需要做的就是让自己的生活丰富起来。

《蓬蒿人书语》，俞晓群著。读这一册书，对许多文化很着迷，里面还写到多一点贵族精神，这是这个时代所稀缺的。大学教育成为培养没有文化教养的庸人的地方了。所以，现在痞子精神与流氓精神才会泛滥。

《栖》，蒋一谈兄著。精彩纷呈，这是一本城市女性主题短篇小说集，也是21世纪中国文学以城市女性为主人公的短篇小说集。焦虑、生存、职场，构成了女性的日常生活，在那个天地里，是有着丰富的内涵可以挖掘的。

《残楼，海棠与老王》，冯峰著。在艺术呈现浮躁的今天，我们所看到的可能是艺术家在面对各种诱惑时，忽略掉了艺术的真谛，做出一些追逐所谓“潮流”的事情来。也因此，艺术圈只看见利益，看不见艺术的本质。在这一点上，冯峰所践行的不再是艺术之路，而是一种艺术生活方式了。在《残楼，海棠与老王》中，我读到的是一个艺术家的生活情趣，以及艺术在生活中的投影，那虽然是短短的一瞥，却足够惊艳的。

天津王振良兄主编的《天津记忆》，精彩。一百多期的杂志，几乎涉及了天津的方方面面。民间关注城市，不计较功利，只想为城市留下更多精彩的记忆，在这一点上，官方的各种城市杂志更多的像城市的宣传品，价值有几何呢？

长沙的方八另兄几年前策划一套美食书，一共五册，有孔明珠、古清生、方八另的书，俺的也忝列其中，不过，最后都出了台版书，喜剧。今天收到方八另兄的《尝遍大中国：巴陵美食散文集》，前年，俺的那册《舌尖风流》也出了个台版本。

2012 年 6 月 8 日　寻找有意义的生活

书单:《人海闲话》、《价值的理由》、《法官能为民主做什么》、《覆水年华》、《光芒与河流》、《孙犁全集》(1~11 卷)(布装)。

买了两个书架，理书，居然翻检了一册董桥三联版的《乡愁的理念》，书不厚，定价四元七角，封面设计是宁成春。这样的书，这样的价格，在今天也是奢侈品了。

伯林说，像石头一样冰冷的无神论者不会明白人是靠什么活下去的。

一些好书，却很少人知道。并不是书的内容缺乏市场，而是在书的排行榜上没有占一席之地。或许，我们对书的理解，应该更上层楼才是。

收到更的的的长篇小说《鱼挂到臭猫叫到瘦》，关于知青题材的小说，比梁晓声的《知青》不知好了多少倍，梁著的粉饰，让那个时代呈现出的亮色，却掩盖不了它对时代的伤害。

《寻找有意义的教育》，蔡朝阳著。蔡师对教育的观察和具体的实践，别开生面，在抱怨体制是不能解决问题时，他认为，关键是能在现在的教育框架之下，让学生自由学习更多的常识才是硬道理。

短文集《生活剧场》确定出版一册繁体版的书。这是比较好玩的一本书，谈的事情虽小，却有着很多的趣味，其实，不管在那个地方，都无法阻挡我们对美好生活的向往。只是我们更多的时候无法发现那美好罢了。

拿到一册《零度》诗刊，是第三期刊物，这是由四川省成都市诗歌爱好者自发组建的民间文学社团，零度秉承心态归零、欲望、名利归零的宗旨本真创作。成都的诗刊众多，有价值的不少，跟几个朋友闲聊，做一册成都诗歌史，也是有意思的事情吧。

从下期开始，《零度》诗刊将由俺主持一个诗歌评论的版块。评论要求的不是专业的学术评论，而是有自己的观察和思考，对诗歌的关注，当然有一点建树，好坏都成，言之有理，不玩虚假的花架子。

说起来，自己是爱玩的人，跟诗歌结缘多年，参与了《2006–2007 中国诗歌双年选》，主持文情与诗事。可惜双年选第二次至今没亮相。参与《芙蓉锦江》的编辑，主持了《诗坛纪事》栏目，也有些意思的。对于诗歌总是愿意做一些力所能及的事情。

2012 年 6 月 15 日　精神上的“贵族”

拿到《书式生活》样书。开本、装帧、设计都很不错。这册书是去年开始做的。终于见到样貌，也没多少惊喜，就像一份作业，完成了就完成了，总结一下，再出发而已。对于出书的愿望，当然是希望能做的满意一点，至于收入如何，那是另外一回事了。

这一套读书风景文丛共十八册，算是现在的读书人的合集。如果按照书话作者的谱系应该划为第三代吧。这一代跟之前的相比，更艰苦一些，养家糊口的环境跟之前相比，大不相同，阅读环境也是。但还依然在坚持，也许可以称为精神上的“贵族”。

历史学界泰斗、人文组院士何炳棣在美国西部时间2012年6月7日，病逝于加州，享年九十五岁。何炳棣1966年获选为“中央研究院”院士，1979年获选为美国艺文及科学院院士，1975~1976年被会员公推为美国亚洲学会会长，乃该学会的首位亚裔会长。他的《读史阅世六十年》偶尔在坊间还能一见。

《巴蜀奇人》，李浩著。短篇小说集，书里所书写的虽然都是名不见经传的小人物，故事却颇为动人，写法有古风，只是需要对巴蜀地理多一点常识，才会在阅读中多一些趣味。

《史客》02期，萨苏主编。本期关注两情，走近1935~1945年间中国人的情感史，革命、战争、隐蔽战线下的乱世情缘！红色爱情之都延安的浪漫与苦痛！那些叛逆的人物，现在追想起来，又是怎样的评判，那一段生活史，在今天读来，似乎更多的是以悲剧定义吧。

《中华梅氏当代散文选》，宣城中华梅氏文化研究会编，梅守福主编，梅放、梅杰任执行主编。所入选散文以弘扬家族文化、姓氏文化、梅花文化为中心。这样的选本也有意思，颇有点类似家族文集的样子。

扬之水的《物中看画》到手，看封面的装帧设计，跟《残楼、海棠与老王》是一个系列，如果能在书的后面附录一下已出或相关书目，是否可以帮助读者查找、购买？做这样的书，关键是能联动起来，才会更为读者所知的。

书单：《中国古代衣食住行》、《中国美院外传：时代的颜色》、《浙江一师别传：书生意气》、《拈花》、《读库》12年2月号、《人生一瞬》、《谁谋杀了宋教仁：政坛悬案背后的党派之争》、《清白家风》、《橄榄香》、《民国底色：政学两界人和事》。

谈论民国的书，这几年出了不少，总结起来，似乎对各种事件的描述太多了点，缺少的是分析，呈现的是民国状态，但读来读去，除了视角的差异，还有对民国的理解也有不同。但哪个才是真正的民国，是令人迷惑的吧。

2012年6月22日　有创意的生活

《芙蓉锦江》诗刊新刊推出，迄今已出刊十二期了。最近几期，都没参与编辑，说起来好像是对诗歌疏远了。但平时跟诗人来往的还是不少，在不同的诗歌风格间游走，或许是想在诗歌间少一点浮躁吧。

昨天，跟成都书芳斋书店的老板聊天，这是一家位于白云寺街的小书店，书和杂志的数量也不是很多，居然看到了过期的《成都客》，做了好几年。成都的一些小书店，老板基本上是文艺青年，做得不大，气质却不凡。

成都有毓秀苑阅读主题酒店，在广东的东莞也有一家阅读文化为主题的概念酒店。但从时间上看，成都更是领风气之先一些。有意思的是，在吉林还有一家最大的童话主题酒店。

偶然看到信息说，台湾有本杂志叫《小日子》，生活小记事，也有趣味。编者说：当愈来愈多人热衷过属于自己舒服的小日子，我们的社会就真的变成一个生活有风格的地方，这不但让我们活得更好更有意思，更会让我们更有创意更有文化爆发力。

在不少情况下，一些赤裸裸的不公正行为使我们怒不可

遏，以至于无法继续保持沉默。——阿马蒂亚 · 森《正义的理念》

书单：《张枣随笔选》、《浙江大学前传》、《山水手记》、《左边：毛泽东时代的抒情诗人》、《写给无神论者》。

读到一册李国毅的《我和爷爷的青春约会》，台湾新生代演员李国毅因演出《回家》电视剧，进而对1945~1949年那段历史产生兴趣与好奇，这册书是透过李国毅爷爷的访谈，将祖孙两代的对话，搭配《回家》拍摄现场侧拍的丰富私房照片，以及文史的资料查证与说明，传达属于那个时代的生活、文化与社会。

很多时候，这样的个人历史在大历史面前可能看上去很渺小，但其价值却是让我们看到了历史的许多细节处。最近在写的一个系列，虽然也是讲述过去的故事，但着眼点是通过多种方式阐释一个时代的生活。

卷二　微生活

小　引

与《微阅读》相对应的是，这里记录的是日常生活。王国华兄曾说，这种点滴感受，是真正的好文字。这么说，可真有点受宠若惊。之所以记录这些，是因为有些话要说，说来，也不怕粗浅，到底是自己的观察和思考嘛。

不过，这里记录的是2011年的片断，因为这一年是自己的本命年。在那些细微小事中，或许能寻见一种生活美学，确实，相对于外面的纷纷扰扰的世界，也总能找到属于自己的快乐。这一点并非自己有多高明，说出多少高深的话语，就是这样，已令人开怀了。

生活看上去都是相似的，但这其中还是有着些许的差异。不管如何，我们每天都在告别过去，走向未来。从这个意义上说，《微生活》所提供的观察视角，跟时下流行的微博体有很大的差异。许多感想可能都隐藏在文字中了。我想，在这细碎的生活中，我们能发现一点美感，那就足矣。

2012年7月7日

2011年日记

2011年1月1日　元旦的现场

今年，这个微小记录从头开始，元旦嘛，总有点新的气象，也许通过这记录，可以找见一个人的生活轨迹。

新的一年，雨天。在家，收拾，码字，加班。似乎每天都没多少变化一般，但那变化是潜移默化的，以至于我们很难发现点什么。所以，我们自以为是的变得越来越花哨了，离本质越来越远了。

得空在今年把房子装修一下，这事拖了大半年了，平时太懒了，总以上班为借口，以至于回家除了吃饭、睡觉，还成了工作的场地，单位的网速太慢，传文件最好的办法还是回家做吧。

对动漫行业逐渐了解，我还是觉得国内的动漫行业还处在初级阶段，很多人以为像漫画就是画下就完了，其实这其中涉及的内容很广泛，比如说设计、社会学等因素夹杂在其中，一个漫画出来、流行，是有它的道理的，但大家不会过多的研究。

很喜欢赖声川的话语，做创意，不要考虑过多的卖钱，而是把创意做足，怎么做才是最好的，这才是关键。如果只想到赚钱，一定做不好创意的。可是，我们现在习惯先假设一个市场（没有进行调查），其结果可能距离市场很远的。

本命年。说愿望，总有点不一样，写字，再多一些；能出一本小书吧，不求速度，但求好玩；银子，当然是越多越好了，靠劳动挣来嘛；书，还是多读一些好了，烂书早早丢弃吧。网上书店读书公社再上一个新的台阶……

《天涯读书周刊》在继续努力，人手有限，每期都写一篇跟书有关的文字，首发，原创稿还是先从自己做起吧。

《三流生活周刊》还得花精力精耕细作，内容上更开放一些，记录日常生活中的趣味，探求历史的轨迹，不过，这都偏向当下性，杂志做的好玩一些，才是根本。其实做杂志，主要是对自己负责，找一些生活动力而已。

争取在今年多出几趟远门，各地去看看，这几年跑的地方太少了，只有去年出去的多一些，看看各地的沧桑。

新的一年，在这里，总的来说，是充满期待的，尽管这其中可能充满了变数，但相对于困难来说，或许乐观才会让我们找到更多的生活情趣。

2011 年 1 月 2 日　下雪天

昨天就一直在下雨，不是很大。出门也有些冷的吧，刚好在家，看稿。今年的事情会多起来，原来以为对四川的人文历史很熟悉了，其实不然，很多内容还不是很了解，所以买了一些相关的书，慢慢看下去。

夜里，忽然觉得很冷了。想来，冬天的样子应该就是这个样子的吧。前几天，还说，还好，冬天要过去啦。然后想着桃花、梨花什么的开了，这当然有些闲扯的味道，看这天气，似乎还要等上一两个月吧。

天还没亮的时候，起床。黑夜里，雪花飞舞，看不真切。好多年前，冬天总要来一两场雪。那时候算不上多开心，倒是觉得很苦，在雪地里行走，不是很愉快的事情，何况连出门都遭遇冷风呢。更干脆一点，窝在家里，不出门，但冷是依旧的。

上一次下雪，刚巧去了深圳，没看见成都的雪景。据说是十多年一遇了。也不奇怪，自从“三峡大坝”修起来，成都也开始变得四季分明了。这是好事，如果一年四季稀里糊涂的差别不大，也是很麻烦的事情。这是不是对人的身体、心理都产生些许变化，似乎没有专家研究这个。

给老家电话，还是寒冷的天气。计划在这个月底回去过春节，一晃好几年没回去了，其实，回去也没更多的念想了。城乡差别很大，所谈论的话题和关注的人事多少有了些差异。又或者说，每次回去不过是吃吃喝喝，所谈论的大多是旧事，这回味多少有点令人伤感。

今日阅读书店这个月在欢乐谷城市广场要开一家分店。去年就跟向总建议了下，华侨城这地方很不错的，而且我买书刊杂志也不少的嘛。好在现在提上议事日程，多少可以不必跑路去买了。其实，成都的三环路外，书店很少的，连报摊都不是很多。似乎现在被“遗落”到乡下了。

常崇宇老师出书好几种了，那册《大陆中国青年党人的归宿》很受欢迎，上次还听人说，哎呀，第一次听说中国青年党。最近，他又出了一册书，“以旅游为主，兼顾其他”，自费出的。他是学理科的人，却出了好几本谈文化的书，这精神真是值得学习。

收拾东西，做家务。总不是很在行，也许是自己太懒了，总是慢慢地做这些，不是很着急的样子。不过，小区的问题却很严重，比如电梯间时常会有垃圾出没，就算不大习惯这事，也没人站出来负责，多少这还是让人觉得不大安逸。

今天，继续看书稿。休息时间，读报，翻书。三天的假期，一晃就过去了，还没觉得做好多事，也许是做事太慢，以至于就产生了某些错觉，真是令人唏嘘。

2011年1月3日　博客七年

时间过得真快，三天的假期一晃就过去了，在家，看稿子，改错别字，好像也没怎么休息。今天，计划出门一下，总在家里待着，与世隔绝的样子，也不是很好的事情吧。

写博客，到今天已经七年了。最早写的博客是在博客网，但好久没去了。在那儿玩了不少时间，天涯博客只当闲耍的，后来不去博客网了，只玩天涯博客。现在连新浪博客也开启了。

曾经在很多博客网站开博客，能坚持下来的，也不是很多，固然说，不同的网站有不同的读者，但说起来简单，如果阅读的人少，也是没激情的。何况博客写来只是玩玩的心态，也没想着如何发展，到底这算不算自媒体？似乎是一个疑问。

也曾写文字探讨博客的价值，以前一些写博客的人，坚持下来的也不多了，不是无法坚持，而是在坚持的过程中找不到写博客的动力了，甚至连转载的可能都没有了。但周围也有很多坚持着写，那不仅是在做记录，更重要的是通过这个反照岁月的沧桑。

天涯博客七年，最新的数据是：总访问量：8724935；今日访问：2004；博文：2061；回复：差不多上万；在天涯博客中综合排名第22位。

这当然算不上什么值得夸耀的成绩。这几年在成都做杂志，东整西整的，也做了好几家，结果是没啥成就感，如果给一句总结的话，那就是不停折腾，看着什么都能做，似乎什么都没做出成就来。大抵说来，成都的杂志生生死死很快，一不小心就做得不怎么样了。

昨天，看《南方周末》，有讨论自媒体的，信息传递越来越重要了，写博客、微博可能很花时间，但更多的时候，应该与信息接轨才好。但很多人觉得这无关宏旨，毕竟这还是工业化时代，社会化似乎还做不到那么好，为什么写博客、微博，是在探求数字化生存吗?

去年写文不是很多，似乎比以往懒了些，今年得忙里偷闲进行了。有时，接触一个新行业，总是觉得有话可说，但说来说去，也没多少新鲜的，无非是旧话重提而已。

计划再花一两年的时间，出一本美食方面的书，与这本《舌尖风流》的名字对照，就叫《今朝有酒》好了，这都是业余爱好，当不得美食家。

博客七年，到底是值得庆贺的事，且不管内容如何，是否能够表达出了那么一层意思，关键是通过博客结识的人多了，也找到了些许共同语言，这就够好。有时候，也想通过博客传承一些常识，但还是觉得才力有限，只好勉强应付过去。

另外，博客似乎也有七年之痒，但好在还在继续。有人说，坚持就是可喜的成绩。但我总觉得这算不了什么，这就像吃饭睡觉那样，是不值得夸耀的事情吧。

当然，在成都，写博客还是有很多内容可以写的，哪怕是随意写写，也就是一种生活方式了。重新出发，把博客写得更好一点，依然是跟读者分享各种经验，对博客作者，这也是不断强化能力的一面。

2011 年 1 月 5 日　冬天的散步

这几天，连续散步两次。有一次，从家里出来，沿着绿道散步，走来走去，走到一品天下，懒得去吃饭了，去逛商场，然后坐车回去。还有一次是在街上闲逛，没有目的，就像本雅明所说的那样，做一个城市闲逛者，也有点意思。

好像是在去年听说，成都要建田园城市。小区旁边刚好是三环路，又临近欢乐谷。于是，原来树林中间，开出一条绿道来，适合散步。但三环路旁边的臭水沟味道实在是太大了，散步还是不相宜的事。不知道今年有没有部门处理一下这个事情，让散步更有味道一点。

昨天，从东城根街散步回家，差不多有十站路，算下来也有一些距离了，花了一个多小时。散步的好处是，可以打望，可以想象，比坐公交车舒服多了。甚至可以围观街头事件，以及景观，随性而为，不必担心交通的问题。

回家，实在是不晓得吃什么晚饭了。啤酒就免了吧，吃面。当然最好是水面，懒得去菜市场买菜，就只好将就吃了。米饭是好久都懒得做了，冬天还是吃一碗舒心的面条，热乎。这就好像一碗汤的下肚，那么舒坦。

成都这两天还会继续冷下去，也许会下一场雪，也未可知。但冬天嘛，如果不下雪，大概也是不成样子的。最近参加各种活动的时间少了，工作上的杂七杂八的事多起来，关于动漫营销，也有一些新思路。

刚巧，在读蒋勋的《美的曙光》。坐公交车的时间是这样安排的：先坐 62 路，打盹到桂溪公交站，然后转 501 路，天大亮，刚好适宜晨读，读到龙灯路口，上班。下班，就反复一次，看书的效率居然大大提高，若是有点想法，就记在随身的笔记本子上了。

最近，没怎么读诗。不过，时常有个叫许岚的家伙，把他的诗歌发给我看，因为是著名的打工诗人，还是有那么一点意思。据说他一年可以获五六十个诗歌奖。每次在网上出现，一定是获奖了，炫耀一番。这事看上去有点荒诞图景的味道。

元旦前后，有三位诗人相继辞世。马雁、力虹、篱笆。他们说今年是诗人之年，诗人在 2012 到来之前，优先上船。当然，这是玩笑话了。马雁是在终点网站知道的，那已经是多年前的事情了，印象不深。在豆瓣上看到关于她的悼念活动，又是一声叹息。

去年是成都诗人的哀年吧。先有游复民老师的辞世，年尾，马雁的离开，不同的方式，终结诗歌的未来，也许这是另外的一种诗意，可能很多人无法理解。就像我们无法理解孤寂之美那样。

2011 年 1 月 10 日　在长沙

长沙之行早在去年就预定了。7 号上午，跟老冉确定二天出行方式。然后一早起床，即奔赴机场，时间还有些宽裕，就悠然登机。老冉因故要等到下一班飞机才能到达的。

抵达长沙，不过 9 点钟，王兄来扶早在等候，杭州的周为筠兄已先期抵达，一同坐车至熬吧俱乐部，柳总亲自驾车迎接，真有点受宠若惊。最近，他制作的《黎明前的暗战》在央视首播，成为 2011 年的开年大戏。

影评人内陆飞鱼、作家阿乙、设计师张发财、学者梁由之陆续抵达，已近中午，大家聊得不亦说乎。其实，大家是早就在网络上熟悉，微博、博客多有交集，但还是第一次坐下来一起聊聊，自然是开心非常。

长沙本地的文化名流龚晓跃、历史学家谭伯牛、文化达人袁复生、著名文化名师孟泽、南方报系领导王培兴纷纷到场，人多，热闹，这样的场合令人很愿意做一个旁观者，在旁边看着就已满足了。

长沙著名女作家、天涯读书版主笑看云起，岳麓书社编辑、天涯读书周刊撰稿人向敬之，书友、美食家半夜磨牙亦到场。半夜磨牙是在网上来往多年，第一次见面，原本说一起吃饭聊聊，可活动时间很紧，就简单的聊了一些，有点依依不舍。

晚上，著名出版人朱正老师也现身活动现场，他去年还出了一本《鲁迅的人脉》，跟老先生简单交流了一下，印象很好。他对鲁迅研究良多，可能因为总觉得鲁迅太过于愤青，就觉得他太那个了，实在是偏见。

各位嘉宾轮流上场，原本是三个小时的活动，结果是很多问题没法提问，长沙的夜太冷，幸好是悦读之夜，互相靠知识取暖也。

等到我发言，已经觉得无话可说，那么多的故事已经被前面讲过了，只好匆匆上阵，先说了女生的激动，又谈了张发财的《一个都不正经》，结果描述成了一百个都不正经，有读者问我是哪一百个都不正经，我只好说去他的博客看了。

这样的活动蛮好，大家互相交流，开心，想着许多读书时间都是这样的，也是蛮不错的事情，只是更多的时候，我们总觉得读书是私人的事，是不适合拿出来交流的。

活动结束，众人分成两拨，一拨去酒场，一拨去K歌。酒场里是英雄豪杰，咱酒量实在是太有限了，干脆去K歌。那里人少，喝酒的也少，也许可以冒充一下豪壮派。但这样的想法也有点荒诞，到底在长沙喝酒的人还是蛮多的，一不小心就会醉倒，好在还是坚持了全场。

不曾想到的是，这一天是内陆飞鱼的生日。几个朋友无论如何都得喝一场吧，他被几个朋友约去喝酒，等我跟游伟杀过去，他已经干掉了四瓶二两装的劲酒，不敢恋战，只匆匆喝了两三瓶啤酒，跟内陆飞鱼聊得不少。

到底是一首歌都没有唱，最终还是喝酒不少吧。逮着历史学家谭伯牛喝一通，又跟袁复生喝了一道。跟袁复生相识，那还是2008年的事吧，二十八个人一起搞搞烂书榜，没曾想连续做了好几年，反响还不错。

后来，后来就回房间了，倒下就睡。印象中，内陆飞鱼喝酒不少，回到房间，还是聊了半天，说的什么话，已记不大清楚了，但事后想想，都是美好的回忆，毕竟是一同喝酒，醉过。

一早醒来，才发现长沙的冷，跟成都大不一样，几个人吃米粉。据说这家是冠绝三湘，来了份牛肉粉、加咸菜、加剁椒，果然够味够劲道，云南米线和桂林米粉，似乎吃不出来这样的痛快劲。

王来扶、游伟、堂主诸兄陪着去岳麓书院，看了一番，果然气象不凡，但都已经是过去式了。几个人爬岳麓山，看黄兴、陈天华、刘道一、蒋翊武、蔡锷之墓。也是感慨万千,一起聊了聊电视剧《走向共和》。

下午，躲在熬吧喝茶、聊天。熬吧是会所，也有餐饮，可品茶、下棋，一个好玩的地方。昨天下午，有个《低碳真相》的签售活动，一般一个月总有两三场，且是免费的，这样的地方，假以时日，很容易成规模，成为文化地标的。

可惜的是，这次长沙之行，没有跟老冉一起去逛一逛旧书店，连钟叔河老先生都没见上一面，早在 2007 年写过一文，标题就是《民间有钟叔河》，想想呵，该是美好的事情。

2011 年 1 月 12 日　极寒的天气

据说，今年是多年以来最冷的天气（对时间的敏感性总是不强），因为一不小心，出门穿的单薄了些，大概会遭遇感冒吧。不过，在这个容易感冒的季节，感冒是正常事，习以为常才是。

天冷不大适合出门，连聊天都似乎有些冷场的感觉，但不管怎么样，这个冬天是否预示着这一年的走向呢？这是不可预知的事，只好走到哪儿是哪儿，像我这样懒于争抢职位的人，注定是站在边缘的打望者。

据有关行家测算，2011 年是个好年头，对本命年的人来说，是活太岁，凡事顺心，人有多大胆，就可以有多大的产，所以，可以多想象一下，做事大胆一点，至于结果嘛，当然很重要了。

在看上海作家小宝（何平）的书。读多了上海人的书，似乎只有一个调性，毛尖、小宝、陆灏、陈村、陈子善，当然还有恐怖小说大王李西闽。上海文化看上去很海派，骨子里却不是，包容还有点欠缺，现在的海派当然不能跟张爱玲那时的海派相提并论了。

吴鲁芹的书，第一次读，印象中总觉得他们的风格跟我们的差异很大，台湾嘛香港嘛，虽然现在看似乎不是主流，边缘文化，但我们的文化与之相比，还真是要走不少的路才追上吧。

2011 年 1 月 14 日　嗯哼，伟大的

昨天晚上，去参加成都商报的一个活动。我所在的蓝鲸动漫公司获得了一个银奖。头奖被前老总——朱亚获得，很多人有想法有建议如何去争取获得头奖，其实我早知道是这样的结局。晚上跟老朱喝酒不少，因为前同事，当时相处蛮愉快，大家虽然离开了，喝酒依然。

然后，我跟老大孙邦彦跑到锦里的一个酒吧去喝酒。一伙做动漫的人，每年有一个聚会，交流看法，没怎么发言，喝酒不少，似乎每次拿起酒瓶，都是空空如也的感觉。见到的人不少，其实，联络感情是一，还想做点文化创意的东西。

有一位老乡，是滁州的。喝酒三杯，无法细说，往事上心头，爷爷的叔叔（我们称之为二老太）去滁州一去不返。至今，说起二老太依然是一个空白。当年的事，今天回忆起来，依然是

令人唏嘘。是怎样的一个时代，让人乞讨出门，从此不返回故里?

我们家族现在分布在好几个地方，比如说我家三爷在东北，已经多年没联系，以前我曾写过一封信，也没见回信，是否有了变故。依稀记得，似乎我太祖走了以后，回来过一次，后来就少联系了，是嫌弃老家的不如意吗?

每个家族，大概都有一部悲痛的历史。细说起来，是一部家族史，也是社会历史变迁的缩影了。

其实，一个家族的厉害，抵挡不了一个地方政府的摧毁，想想从前士绅阶层的消失，连传统都失掉了。今天，我们看到的乡土不再是原来的乡土，变得不伦不类，那里的记忆还有待打捞。

现在，我们记忆的还剩下什么呢。谈历史，谈阶层，谈现场，都是无可挽回的了。既不现代又缺乏传统的国家，是一个让人矛盾、尴尬的地方了。这样想来，我们纪念过去，也是在探寻未来的。

好吧，还是好好生活要紧。犬儒主义者总会这样说，但我们想要的生活，并不一定是现在的生活吧。理想、梦想，仍然遥远，不可触及。

2011 年 1 月 16 日　周末，太阳

周末，终于待在家里一天，打扫，清理图书、报刊。似乎很久没整理了，过得有点模糊的日子。平时看书，哪儿看到哪儿丢，然后再读起，又得找到一些阅读的线索。短文宜如厕，一两篇的短文翻翻，也乐。

读书公社一晃都开了好几个年头了，今年下半年会正常运营，投入也许更多一些。开网上书店也有了点心得，但总是不那么热衷、上心。不过，这生意经说来说去都相似，也无可奈何，做书店，家家都有一本难念的经。

混在网上，顺手看碟，聊天。都无关紧要似的，其实是有一些稿件要赶，一些事要做，总是这样也要不得，明知道如此，就是拒绝不了网上的诱惑。有人这样说，晚上还是东拉西扯，没个尽兴处，如此打发了多少夜晚呢，似不可计数了。

安迪·沃霍尔也蛮有意思，他有个习惯，把一些乱七八糟的东西收集在一个盒子里，据说一辈子积攒了六百多个盒子，里面的内容洋洋大观，是研究他的最好资料。这样的攒积资料，也是一种方式。

下午，一个人泡茶喝，原来想着是铁观音，最后还是绿茶算了，算不上品茶。后来，慢慢地打盹，晒着太阳，很是舒服。冬天的成都，还是一个人慢慢享受的好，太吵闹的话，可能连太阳都容易吓跑的，打盹时不免如此想。

家里杂七杂八的收集了一些地图，大都是城市地图，也有美食地图什么的，不过是没有军事地图。收地图也好玩，以前为了地图买杂志的事没少做，地图留下，杂志再转手出去，这又好像是买椟还珠的事了。

在捣鼓一个电纸书，想更新一些书目，有意思的书，如果都是大路货，价值也不是很大的吧，还没整明白它的许多功能，反正这些都是好玩才成。成为玩家大不易，小玩一下，也许会成为兴趣也未可知。

这一两年，可没少看推理小说，大概也有百八十部吧，不好的版本陆续散出去，好的就留下来，不少朋友知道这个喜好，遇到新版本送一册阅读，自然喜之不禁，但都没怎么作文推荐，真是有点抱歉了。那还是随意写几句好了。

年底了，QQ上、手机上到处都能看到骗子骗钱的信息，诸如我的卡号换了，新的卡号是什么什么。以前还回短信调戏一番，现在都懒了，不知道该把这事向谁汇报，就顺手删掉了，反正都是那么一回事，我才不会上当受骗。

2011年1月18日　雨夹雪，幸福生活

成都这几天继续下雪，不是很大。在成都多年了，才遇到这样的情景，真是有些难得，一般能看到空中飞舞的雪花，都是让人喜之不尽的事。可也没多少高兴的地方，毕竟天寒地冻的，出行总是不大方便。

昨天，天涯成都的曾颖兄送了册他的短篇小说集《小人物的幸福生活》，他写的小人物当然是名不见经传的，但却各有特色，现在关注这一群体的人少，大家在关注更有价值的东西呢。这样想来，是我们把这个群体忽略了，真是不应该。

每次坐公交车，似乎都有一对女人，唧唧喳喳说个不停，好像不说话就不舒服。每次遇到这样的人，都远远离开，实在是在单位听够了老板的唠叨，回家也是有唠叨，坐公交车就安静一下嘛。想来，对她们来说，似乎不大声武气地说话，就显示不出自己存在似的。

昨天晚上，跑到玉林小区的蜀九香吃饭，在座的有羊城晚报的编辑记者，焦虎三兄跟他们聊得甚欢，我呢，边吃东西边喝酒，聊的不是很多。其实是一些话，总不大好说，怕影响了城市形象，特别是在陌生人面前，如此也就有了害羞的名声。

吃完饭，出来，雨夹雪。坐79路公交车回家，却是一路堵车，让人不爽。住在城市里，大概都是如此的，还是早出晚归的好，遇到这样的情况可真是糟糕。平时，我也难得进城一趟，更不要说享受堵的待遇。

今日阅读书店在欢乐谷的旗舰店在月底开业。周末去看了

看，位置很好找。还在装修，以后，步行去买书杂志就可以了。三环路现在的书店少，连大型商城都没有几个，购物购书还不是很方便的，也许过个几年会好一些。

说到过年，上周末就开始采购回家要带的东西了。每次回家差不多都是提前准备，如此，依然难免丢三落四的，该带回去的东西没带上。回家过年，美好的词，但遭遇春运，哪怕是再好的心情，也会有几分失落的。

2011 年 1 月 21 日　回家啦

通过网上订票，好不容易才订到抵达汉口的火车票，31 日凌晨抵达，然后转车回去。拿到车票以后，才知道，原来有一趟名为 L20 的火车可以直达阜阳，但要多花八九个小时的，把时间都扔在路上，似乎是划不着的，想着转车的麻烦，还是算了。

回来就坐 L19 吧，依然是二十多个小时，抵达成都是早上 5 点半，如果农历初六一早的车，初七一早就可以到成都了。这当然是美好的事，大多时候也只能想想而已。

其实，每次出行，基本上都是折腾。为国家的交通、餐饮贡献不少，但似乎从来没人把这样的消费者当爷看待，而是该涨价的涨价，毫不吝啬。这当然不能怪经营者的势利，而是这个像物质看齐的年代，放着钱不挣很容易被当成傻瓜的。

原来一直有直达阜阳的火车，最近几个月却取消掉了。交通似乎是越来越好，但出行的问题却依然不小。给家里电话，说好多地方都买不到回家的火车票了，人为地紧张一下。这种紧张是面临春运，遭遇各色人等，见识小偷的风貌，一想起这些都头大。

时间是花出去的。时常要节约时间才会是过日子的人，但时间没好好利用的话，节约了也是白节约了吧。读吴鲁芹的《瞎三话四集》，也觉得好玩，因为文字中有老派。这跟时下的时髦相区分，总觉得那一种气韵现在消失了。

2011年1月23日　熬夜，写博客

都说是新年新气象，把博客名字改一下，愿今年好运。嗯哼，春节回老家的火车票顺利买到，虽然只是到汉口的，相信会顺利回家的，这也是好事一桩吧。小小的惊喜在我，都是难得的事。

天冷。在家也无事。上上网，码码字。到底还是出门一趟，逛旧书店，买旧书七八种，有的是自己要看，有的是给网上书店备货，其实想看的书太多了。有一些却不会去看，不是因为内容不好，而是心境有点问题，在合适的地方读书，才是关键。

原想着去商店买点过年回家的东西，却不料是人山人海，似乎大家过年的热情都很高涨，你不把口袋里的银子变成货物，都没有道理似的。好在我兴趣不是很大，又提了一叠书，混杂在一起，不大好，赶紧出门走掉。

看《三联生活周刊》做的辛亥革命一百周年文章，那才叫文章，老长了，似乎半天都读不完，还是匆匆翻过去，没仔细读，不过是当个备忘录，存放在那里，等某一天用到时再翻起来也不迟，你看，不知几时，读书也如此的急功近利了。

巴金故居出的《点滴》杂志最近几期推出的都是毛边本，大有发展“毛边党”的趋势，最近几年陆续藏了一些毛边本，虽然都不是海内外的孤本，还是蛮讨人喜欢的。想着有机会把自己的书也做成毛边本。

收到一册《五十三个暴走族引发的战争》，写的是中日战争，作者王浩，首发在天涯，可惜是结集成书才看到。也许是老了，对网络文学越来越有看不动的感觉了。也许是我太落伍，又

或许是网络太浮躁，找不到合拍的地方。

看微博，看新闻报道，似乎经常是两重天地，但正是纷杂的信息，让我等小民锻炼成火眼金睛，新闻的正反、对错，都能轻易下一个结论。不过，我们过的生活是上级的论调，还是现实生活更靠谱一些呢？这样的迷惑总让现在的年轻人找不到方向感。

有个媒体报道说，不发年终奖，就是要流氓。老板们的压力很大，过年也不大好过了。蓝鲸动漫做了一两年，有点起色了，也许会有年终奖吧。

这几天睡眠几乎是晨昏颠倒了，难道是因为要回老家兴奋的？呵呵，多激动人心的事呢，不过，每个回故乡的人心情都是相似的，先不管它是否沦陷了。对待故乡的热情，时常是被误读的，这就好像我们的青春时常遭遇人生的岔路口，不好好选择就难以有个完美的结局。

嗯，下周，就做年底前的结尾工作了，稿子也可以不怎么写了，但很多方案还是得忙里偷闲整理一下，春节后，就全面拉开工作上的“战斗”序幕。如此每天花两三个小时在路上跑来跑去，只为了在新的一年，有个好的未来。

过年，无非是吃喝玩乐。棉花糖这样说的。

不过，亲戚都是要去看一看，跟家人团聚，喝喝酒，聊聊天，蛮好。喜欢热闹，晚上，一大群人坐在一起吃饭喝酒，也蛮有氛围的。这样的氛围是越来越难得了，因为亲友都在各地打工，挣钱，难得有那么多的机会聚在一起了。

最激动人心的春节，难道不是这样的吃喝玩乐，开开心心嘛。至于春晚，还是别看了，没营养，又浪费时间，假若把这时间花在亲人团聚上，是再好不过的。

2011 年 1 月 30 日　博客暂停更新，过春节去啦

昨天一早，到新津的花舞人间去参加公司的年会，到的人有二三十位。原来是豪华版的农家乐，环境很不错。有太阳，真想不开会，就那么安静地待着，晒晒太阳，春天也许是另一番风貌。

开会，无非是吃喝玩乐，但午饭没喝酒，也好，总怕喝的二麻二麻的，忘记回城头了，然后回家的事，也就忘记了。那以后的麻烦就大了，也许春节就只能滞留在成都啦。

收到北京的杨海潮兄的大作《干杯，朋友》，副题是流浪北京的日子。写的是 70 后的故事，还没读，春节回来再阅读——说起过年，兴奋的似回到童年，那时候是有多美好的回忆哦。

这个月虽然懒散的写字，好歹还是写了一些字，算不上是多好的成绩，今年，得空得练习下毛笔字了，周围有好些人开始在练习书法了，不写，似乎就落伍，下次聊天，就不能好好对话似的。

收到深圳书法家钟国康老师的题字：读书公社。现在收到了读书公社的条幅有一些了，还在慢慢的积累，想通过这个做点什么，但现在还没想好的。字是前几天“卓越兄”在新浪微博上征集书斋名留下的。

读书公社网店在 27 日就暂停处理订单了。嗯，有好书过年，没好书也可以过一年，做书店这么久，感慨不少，但写下来的不多，总的来说，开书店是方便自己阅读，读好书吧，挣钱，似乎都是无所谓的事。

今天出发，回老家过春节。算起来，2007 年回去之后，已经许久没回去过春节了，春节大概在家待一周时间，不上网不写字，傻乐呵。如此想来，都有些激动，家人、儿女不知又变化的

怎样了，每次回家，都觉得自己做得不够好。

每年都想有如此这般的休假，什么都不做，就那么自在地生活，吃吃喝喝，就像种庄稼的闲时，但现在种地不是水灾就是天旱，地也不怎么好种的了。在家种地，以前也有这样的想法的，现在似乎没心情想这些了。

收拾行李，其实带的东西不是很多，很多是给小朋友的礼物。

今天一大早出发，去火车站，这次回去连笔记本都没带，只带手机、相机，回去拍一些照片，每次回去差不多都是这样的吧，拍来拍去，突然都觉得人老了。也许以后做书可以用到这些的。

今年回去少喝酒啦，年纪老大，老是喝酒也不是很好玩的事情，何况是喝酒似乎没有以前的激情了，难道是老了吗？每次回去，看到小孩子成长起来，岁月也并非想象的那般漫长，只是自己更多的时候忽略掉了。

博客暂停更新，春节后回来再更新啦。路上，还是随手写下一点感想，或者说札记，总不能让思绪那么轻易地溜走。再说，许多写作者不就是如此积累的素材的吗？

2011 年 2 月 18 日　在非常时代讨生活

元宵节，本来约了人吃饭，但大家都要过节的，就只好改天了，春节后，回来也没怎么聚会，只是上周约人聚了下，谈了些事情，如此而已，至于今年的计划，按部就班地做去，如有变化，也可以随机而行，总的来说，是值得期待的一年。

以往在老家在这天都要放火炮、起花的，起花几毛钱一把，晚上放着玩，现在都改成烟花了，但这已没有当年过年的氛围了，也许是现在越来越热闹只是表面，这背后却是无法掩藏的孤独了。

独自在家，写下句子：外面很吵闹，内心很安闲。

今年的步伐一天快似一天了，完全是奔跑的状态，写稿也少了，每天忙着面对文案、客户，似乎未来都值得预期了。有时候想起来，也真是的，自己努力挣点钱，结果还不够开支的，也许这开支就像狼一样紧紧地盯着自己的口粮。

到了四五十岁的年纪，人愤怒不起来了，不是不想愤怒，而是你面对种种社会不公，想到的是个人的功利，而社会如何，不过是在车轮下讨生活，至于未来会怎么样，不得而知，也很少想去知道，于是就混日子了。这样的想法是否有些可怕？

家里是上有老下有小的，总得把他们照顾好了，才能想别的事情吧。可现在是，你的计划跟不上变化，每天都在忙碌，却一事无成，照顾家里也好像成了说辞。

昨天回家选择了坐 93 路公交车，一路的堵车，从高新区到顺城街，花了一个多小时，大约比我步行快一些，成都越来越堵了，看不到好的迹象，虽然住在三环路边上，倒是时常堵在路上。

当当网昨天发消息说，VIP 会员资格还继续有效，去看了下那里的图书，喜欢的书多还是有些多，价格却比卓越的高多了，也罢，看看就可以了。而京东商城上的书太少了，以至于时常会遇到缺货的可能。

在天涯读书版新开了一个板块，就是推荐一些坏书，名字就叫“坏书一箩筐”，有出版机构提供的，也有个人看法的，对于难看的书，没有推荐的道理。看到不好的书就推上来，看看这一年能看到多少坏书。

年已经走远了，好好工作、生活吧。每天上班、下班，奔波于第一线，人也变得麻木，连思考都有点僵化的可能。想做自己的事情，却什么也做不了，养家糊口做成这样，是不是也是一出悲剧？

2011 年 2 月 22 日 下月起，文化创意达人上线啦

昨天，著名羌族研究学者、诗人焦虎三赠送了一卷《彼岸羌影》，这是他主编的羌族图文志，是目前最为权威的版本。对研究羌族历史的变迁，很有价值。学者最大的贡献在于提供有价值的文献，给新的研究者提供更多的门径。

中午，在芳草东街吃玉林串串香，这家店，来的次数很多，一人三两梅子酒，其淡无比，简直没有酒水的味道，这是不可想象的事情，在以前，如此吃饭，大概少不得半斤八两才是。现在酒量越来越不行了，只好胡乱喝一点，不尽兴。

现在网络上的谣言甚多，在繁杂的信息中唯有靠常识去判断对错，但这也时常被讥为不靠谱，是的。我们今天连基本的常识，似乎也稀缺了。

跟几个朋友谈一些项目合作的事情，很开心，大家对今年还是蛮期待的，至少是看到了“钱景”。有时候，我们也通俗的可以，以至于到了见钱眼开的地步，有钱才能谈事情，没钱就推三阻四的，好像跟自己无关似的。

听说之前我所在的那本《1314》杂志，要改成高端艺术杂志，但绝不是《芭萨艺术》或《艺术界》的风格，有人建议先收集五千家艺术机构的联络方式，然后一一邮寄杂志，似乎这样可以打开市场，惹得大家哄堂大笑。去年做了一期《创意果实》，无疾而终。

最近不谈时政，不喝花酒，过正常人生活。禁锢太多的生活，容易让我们思想贫乏，只看见眼前，看不见曙光，以及未来的美好。但对乐观者来说，不管世事如何沧桑，美好是不曾消失的。

很多时候，我们把自己束缚在一个圈子里，自以为是过得很滋润，外面的风风雨雨都跟自己无关，当它们跟自己有关时，大家都不相信悲剧会发生在自己头上——至少是发生在周边也很不错的嘛。说白了，这是没有担当的责任，所以才会事不关已、高高挂起，所以才幸灾乐祸，看不到未来，那绝不是迷途的羔羊，而是畏惧许多。这让我想起俄罗斯时期的知识分子的作为，在艰苦的年代，依然发出自己的声音。

最近事情特多，需要跑来跑去，原本自己是在白天无法安坐在一室的人，喜欢热闹，亦喜欢在这个乱世奔波，求得一世安稳固然很好，但现在做不到，只好东奔西跑下去。这样的安慰似无多大的作用，毕竟不是脱离了社会的人。

博客越来越像个公众媒体，每天有几千人来观看，不管是什么目的，那都是一种注目礼，是不可忽略的动力。也正因为这样，才想到是否该每篇博客都写的认真一些？其实面对虚拟的读者，大抵会有一种这样的压力在吧。写得不好，就可能招致批评，但不妨看作适当的交流。

计划从下个月开始，博客开始走访成都的文化创意达人，或对谈，或交流，只是企图做一些记录而已，计划推出五十个人。当然，也许一周推一个，就很不错了。想起这事，都觉得有点夸张，毕竟自己对创意的理解，还不够那么深入的，但只有这样，才能促使自己进步。

2011 年 2 月 27 日　眼看着这个月就将过去了

昨天，在家里待了差不多一天，也没做多少事，无非看看书，写写字，而已。但总觉得很忙的样子，也不是那么忙，而是没有心境做事情罢了，春暖花开呀。

中午，出去溜达了一下，花了一两个小时，坐的公交车是最便宜的那种，跑个来回也没花几个钱，但现在是出门几乎都是要花钱的，似乎总不可以空手而归的，所以有时会把自己搞得很累，脑子悬空，什么都不想的状态才似乎是正常的。

《书友》编辑说，春节前寄了册胡荣茂老师的新书《书边杂写》，至今没有看到，不知道这本书到哪儿去了，也许在路上一直在徘徊也未可知。胡老师以“庶友”为笔名“九年间应我之求亦可谓被我‘压榨’为《书友》写下的头版文章”。（黄成勇语）

好久没炒面条、河粉了，特意去菜市场买了些回来，晚上做了下，算不上是多么美味的东西，但吃着很舒心。现在出门吃饭都是麻烦事，食品安全什么的，一直是一种问题存在。在家吃饭，大可以少吃一点“有毒”食物，是不是这以后也会成为养生方法的一种呢？

这周的好几个下午都在进城办事，有的事情紧急一些，有的做的缓慢一些，好在都在往前赶。前天还给朋友建议，他们打算建一家动漫公司，做动漫是潮流，是趋势，似乎把钱投进去，立刻就有大把的银子回来，做动漫公司的人都有一颗雄心，那就是做个几年，早一天上市。

下午，一个人待在家里，上网、喝茶，不亦乐乎。茶是峨眉雪芽，今年别人又送了一盒，慢慢地喝去吧。其实，对这茶的印象始终是有点淡的。但太浓的茶，喝着也麻烦——总是不能轻易睡着。

在健康的国家才有健康的民众。这健康，我想除了身体健康之外，还是有平常心，以及对美好事物的热爱，对社会生活的热爱了。如果仅仅是向钱看，那简直就是物化的动物吧。

在京东商城连着买了两回书，服务算不错，几乎都是下班时间才送过来。但有时候由于缺货，需要自己登录上去再进行删减，这样，送货速度就慢了下来，也没来个邮件提醒一下。其实，做服务的公司就看细节是不是考虑得仔细。

最近，银行又加息了，去银行看了下，现在的月供都多交四五十块了，这是不曾想到的。其实这跟收房地产税有多大的区别呢。做了“房奴”，压力陡然增加，生活的压力、房贷的压力，不得不想着多挣一些钱才能养家糊口的。

昨天睡得很晚，今天也不是很早啊，还有个方案没做好，得努力一把。时间紧，事情多，这似成了一种惯常的借口，但可见自己对控制力向来随意而为，因为有时候在网上瞎逛，却不觉得时间飞逝。

工作上的压力似乎越来越大了。好像只有宣传营销才能做大公司的规模，至于动漫创作能力，却缺少质疑。还有好多计划没有做，计划今年编两本书，做几个 ipad 版的图书，也许一年一晃就过去了。一事无成的感觉，就是每年没能拿出像样的东西。

《三流生活周刊》，这期得在这周编好，要不，3 月还是蛮紧张的呢。得早做准备，这年头，任何事都是不能等的。“文化口红”余秋雨说，等不及就老了。虽然一向不喜欢他的论调，但现在忽然发现，岁月的老去，谁也不能抵挡的。

2011 年 3 月 2 日　一场春梦

早上醒来，还以为起床晚了，赶紧吃东西，然后出门，看了下闹钟，却 6 点都不到，只好郁闷地上网写博客，原来没曾想起床这么早。有时，干脆在单位写博客，但这却常被看作干私活，好像这跟工作无关似的。

这几天的太阳都出奇的好，天气有点异常，以往似乎难得见到如此好的天气，就像我们平时难得看到那么多高兴的事一样，这也许因为太悲观了些的缘故吧。其实是自己这段时间过得太乏味，以至于都没觉察到生活的些许变化。

对《红楼梦》的解读似乎无休无止的，以至于各类书层出不穷，如果把这些学术著作放在一起也一定洋洋大观，最近除了刘心武的《红楼梦》续集，亦有李光斗的《商解红楼梦》，原来这是一个几乎处于"负资产"的公司，怎么看都没有未来的。

由此，不免想到，好像这是一个破落户的时代，我们身处其中，只能看见历史的繁复。不过，这就更需要努力，让更多的人懂得常识，维护自己的权益，社会的变好，是基于大众常识的提高，仅仅是知识分子的觉悟，难以达到理想社会的状态。

这几天都忙得有点晕头转向了，有好多事要一一处理，比如工作上的，比如装修的事—— 一晃搬家就一年了，这一年似乎也没多大的进步，除了多花一些时间在网上之外，书还是在慢悠悠地写，至于规模也是不成气候的。

听说之前做的那本什么都不大像的杂志，改做成艺术与设计的学术杂志了，想来都有些好笑，原本没有学术的底子，更没有学术的氛围，结果要做专业的杂志，简直是赶鸭子上架一样的做，结果呢，可想而知了。那时的同事也陆续的离开，仿佛是做了一场春梦。

上班坐公交车，算不上低碳，因为花的时间足够多，坐车上无非是翻书，或睡觉，任车上人上人下，都跟自己无关似的。似乎连旁边的女生的八卦也懒得理会了，遇到饶舌的女生，差不多一趟旅行就毁了。

有一位同事住在营门口，比我还近一些。他每次坐 805 路车，差不多两个多小时进城，我也可以坐那趟车，但放弃了，似乎为了节约一点钱，但也谈不上多节约，一两块钱算不上什么吧，还主要是因为绕道太远，差不多两三个小时才回家，可以做不少事吧。但如果中间转一趟车，又节约了点散碎银子，也许多了一点故事，但故事始终没发生过，是不是太没魅力了点？

成都越来越大了，像饼子一样摊在大地上，看上去都有些奇形怪状。城市应该是什么样子的呢？大概不是这种越来越大、越来越不好看的吧。以至于看见来来往往的人都觉得走进某个恐怖小说的片断。有时也会疑心自己闯入到某个不可随意闯入的空间。

每次回家，都要经过一个菜市场，但随后都拐进一条破旧的小巷，路似乎也不像一条路，有陷阱、有下水道，上面盖一个木板，一不小心或许会滑下去，但那里人少，不妨走走看。但到了夏天，会混杂各种味道，令人呕吐的感觉还是有的。对城市，我们都是这般的又爱又恨的。

那天跟摄影师吴燕子、编辑于小哩在宽窄巷子喝茶，听说有美女想认识一下，是哪一位呢？还不大知道，猜测是猜不出的，想来似乎跟春天有关吧，总是少不得一番想象。

似乎现在是动漫市场的天下，上周，给一位朋友的朋友闲聊，谈动漫行业，那人是懂得动漫技术的，对市场的了解不是很多，然后就做了起来。这个行业看上去很美，但其实呢，跟其他行业一样，并不见得有多美好。由兴趣做起，至于做到哪一种规模，还是靠机遇了。

如风同学在成都住了好几个月了，按说，是居住在成都的北侨（侨居在北京），不过，成都还没发展到国家的地步。有段时间打算给他介绍一位女朋友，可惜大家每次见面都是喝酒聊天很欢，其他话题都放在了一边。想来，这也不是很着急的事，就只好等等再看。

最近想着写若干个短篇的随笔，也有点好玩，先找媒体发布一下，有机会再辑录成一本集子吧。关于禅的，去年写了一些，后来就懒得写了，觉得没多大新意，反正放在电脑里，有空再随时看看，不好的文字是羞于拿出来见人的。

今年有什么计划？总会遇到这样的问题，实在说，也没更多的好计划，而是现在经济每况愈下，需要做的事情就是挣钱嘛。出书，似乎在考虑，自费的就免谈了，到底对这个兴趣不是很大的。但还是想通过努力，做点好玩的事，除了挣钱，我们还需要更多的娱乐、方式，才能让生活丰富起来。

2011 年 3 月 6 日　赶场

昨天，起床挺早，是想着早点把手头上的事情一件件快速完成，只好不停的往前赶。其实，现在许多事是急不得的，只有自己急也没办法，好多事都是按自己的进度在进行。要是自己说了算的事情，那还是可以按照自己的设想做下去。

出门已经是 9 点钟，先去邮局寄一册书，然后再赶公交车到凯丹广场。想着是坐公交车快速一点，成都的周末，这时候出行只要不是去看梨花、桃花，都不大可能堵车的。哪怕在路上转了两三趟车，也似乎问题不大。但对我来说，这样的出行总是带有一点宿命的感觉，到底不是出门四处闲逛的。

今天在今日阅读书店开讲的是四处社科院的陈世松，他曾写过一卷《天下四川人》，虽有一册，可也没好好拜读一下，大致上在四川这些年，把四川的故事变化也了解个差不多，只是有些细节还不大搞得清楚，也不要紧，到底不是文物专家，也不是历史学家的嘛。

参加活动的人有几十位，原来想着人数或许更多一些，但也很不错了，到底是周六早上 10 点半的活动，不是有太多的事情，大概大家都会睡个懒觉，然后下午才晃悠出来了，喝喝茶，聊聊天，也轻松快活。

陈老师讲了四川人文地理的变迁，以及四川人的发展和来源，这些事，可真不大好说，因为历史没详细的记载，只好推理猜测。记得有次在微博上说移民成都的，少不得安徽人，今天翻《创四川》，果然有相关的记载。其实，每个地方的人口变化几乎都是互相融合的过程，只是程度有差异而已。

买了册唐建光主编的《创四川》，书里的图片有很多有意思的地方，可惜不知道来源和出处也是遗憾，至于内容嘛，粗线条的描述，大概详细解读，是要一套书才能说清楚的。

本来想请教一下陈先生，四川对保路运动的研究，以及最近几年，四川地方文史研究似乎也没多大的突破，还是在那些老问题上纠缠不休，结果呢？书也不见有新内容，也就人云亦云了。这种状况，是不是在学界也有人开始重视了？又不好问，只好打住。

其实现在的很多学术研究很落伍，原因不外是学者的视野还不够开阔，格局也局限，习惯于就事论事，自然发现不了新东西，还有一个是学术研究应该是常做常新，一旦固步自封，也就难以有像样的东西出来了。至于方法论似乎也是不可或缺的一部分。

从现场出来，然后想着薛原兄一直在催着书稿的事，赶紧电话联系几个人的书房，准备写稿交稿，再拖，时间就晚了些吧。于是，去了诗人蒋蓝家。拍照，看了书房，相机不是很专业，估计对付图书的排版也是绰绰有余了。今天如果时间多，还得去跑一两家看看。

下午两点，抵达时间简史大书坊参加白郎的《中国人文地脉》的读者见面会，其实就是一群朋友聚在一起聊聊天，许久不见，互通有无罢了。这样的活动也不一定精彩，关键是好玩就成。

见到的有林和生、凸凹、蒋蓝、席永君、卢泽明、易鸿、廖慧、石鸣、林元亨、蒲秀政、汪念先等等，当然少不了今天的主角——白郎。主持人是成都著名的文化主持人孙文。

《中国人文地脉》在几年前以《中国地脉》的名字出版，绝版久矣。这次再版增加不少新内容，图片也是添加了不少，看上去更为丰厚一些。翻了翻，觉得版式比以前精致一些，但排版似乎还有一些不足，做书，或许更需要完美主义者的参与。

后来大家发言就书的封面装帧提出了不同的看法，因为书分两册，在风格上应该先相近再寻求张力，但如果只强调了张力，却忽略了是一本书的两册，似乎很难达到统一，看上去就有点不伦不类了。但大家的谈论并不专业，就像印象记一般。

这些年，看了四川的出版状况，说成长倒不如说跟北京、上海、广州的出版距离进一步拉大，好书不多不说，连书的装帧设计拿得出手的也绝少了。这样的书出来，市场反映一般也就能理解的。其实，对书我向来多少有点完美主义。以前曾说一个作者，如果把书出得很难看，你除非缺那点版税，干脆就别出啦。

白郎说到了“气场”，说到了中国人的非中国化——除了会说汉语，吃中国菜，在生活方式以及习惯上早已成地球村一员了，也就难以区分他们的身份，想来，这是必然的现象，到底社会在不停地变化——或好或坏，似乎都是有些必要的。

从书店出来，肚子不合时宜地叫了起来，才发现自己连午饭都没吃，急急忙忙的跑来跑去，也似社会活动家的姿态。其实，蛮不喜欢这样的风格，到底在家翻翻书，写写字，这样一个很美好的周末，对我来说更具有诱惑一些。

2011年3月12日　有情调，没情调

似乎每个周末很清闲，但似又有事情要做，总不知道在忙一些什么，混在网上，也无所事事，结果时间还是一晃就过去了。时间就是这样被丢弃的，毫不客气地说，这时并没有觉得时间应该珍惜。

这几天上班，快的话，一天坐公交车个来回可以翻一本书，也就是大致看看吧，很多东西都来不及细细地去品味，就好像我们看见许多东西的表象，就下一个结论。这是浮躁，还是无法拒绝诱惑，还是我们无法在众多事件中安放自己的灵魂。

《三流生活周刊》的网站正在紧锣密鼓地筹备，大致说来不是一个很复杂的地方，原来有个免费的论坛，可以交流使用，后来取消了。或许在以后更应当多利用新社交方式，比如微博、推特等等，做的简单，交流更及时快捷。这也让沟通变得无疆界。

终于这个周末清闲了点，稿子不是那么多需要紧急处理的，而且还可以慢悠悠地做点自己喜欢做的事。关注下时事，兴趣不是很大，倒是时常看见乱七八糟的新闻，有时也无可奈何，到底我们做的事情是给未来添堵，还是赋予希望呢。

张大春的《城邦暴力团》，读了段时间，连前面的几页文字都没怎么读，不是没兴趣，而是因为看见太厚的书，都有点畏惧感了。到底这是个快速消费的时代，这样的借口是总显得有点虚无，到底我们的阅读不是为了迎合某一种潮流？

薛原兄的《闲话文人》，很有点意思。今天看媒体报道说，打老婆的都是文化人，一笑。读书在很多人相当于完成任务一般，读过收获大小无所谓，似乎也不是为了学问，而是读的一个自在。但时常是在阅读过程中，我们忘记了初衷。

这个周末，去街拍一些小书店，玩玩。早有同事说，摄影

靠的不是机器的好歹，而是技术的好坏。记得也曾拍出几张令人满意的照片，现在，拿得出手的，似乎还是那一些照片，长久不练习，怕是连手都生了。

以前做杂志，总觉得有些激情，但最后抵挡不住老板的折腾，自然做来做去就会觉得这样下去没有多大的意思。还是撤了出来，现在也经常听到做杂志的朋友抱怨。这些事经历了才知道是否有些好玩。单凭想象，看上去很完美，是走不进那好玩的肌理。

每次去茶楼里喝茶，都是少不得翻翻那些免费的杂志，有新的杂志出来，又有杂志停刊，不再问世，想来都是一重悲剧。其实，人生是处处在面临着这样那样的告别，无论悲伤与否，都会发生的，也都会成为过去式。

南方出版社出版的《一只雪猫的孤独午后》，蛮有情调的绘本，很容易就翻完了，懒人哲学在这里可以看到。但相比较而言，我们的懒人哲学却更趋于简单化、扁平化，这种哲学到底算不算是一种哲学，也是有疑问的。

很多人这辈子说话最多的不是跟老婆，也不是跟情人，而是跟网友说的话最多。某天，一网友发现聊天记录多达上千页，怎么有那么多的废话呢，真不知道这是怎么来的，平时自己说话也不多的嘛。

打算今年多写一点八百字左右的短文，看看能不能辑个小册子，算是对本命年的一个交代吧。要不，一年还是匆匆的过去，留下的印记也不是很多的，等到老了，也回忆不起了。

有时我们以为自己很强悍，什么事情都可以做得了，但更多的时候，我们发现自己所能做得了的事情所剩无几，房子拆迁无能为力，教育也是如此，连过个安稳的生活，都很容易变得很奢侈。

2011年3月19日　粉丝经济学

昨天，终于忍不住去配了个ipad，玩的还不怎么在行。家里是有线网络，但要改成无线网络，似乎难度不小，折腾来折腾去，也没上成网，看来，今天得去配一个无线路由器了。其实，对电子技术一直不怎么上心，反正懂的再多也成不了专家，所谓术业有专攻也。

本来说搬家一年，犒赏一下自己。但事实上，这不过是个借口罢了。更有可能的是，有了这一笔开支，就得写字去，弥补这个亏空。算是给自己一点压力，要不，一直懒散下来，春天可能都过完了，多可惜。

这几天，都是一些小事纠缠在一起，连睡觉都没怎么睡好，以至于上班时间都显得精神不足。也许是最近太过于大的压力吧。好在事情都是多多少少有些进展，还不至于落伍到哪儿去。入行动漫行业，其实是做的周边，看的漫画，国内的少了，不是不看，而且那些作品跟自己想象的有差距。

在一个行业待的状况，基本上是这样，先是兴奋一下，然后习惯了看，再就是发现并没有自己想象的那般美好，难免会有一些失望吧。现在的年轻人，有职业选择的少矣。总体说来，是有份事情做起，避免饿肚子再说，至于以后的发展，慢慢看。所以，日子过得浑浑噩噩，稀里糊涂了。

以前玩论坛，现在玩微博，似乎上网就这么个事情，对于网络游戏，一直敬而远之。对我来说，能靠上网挣点散碎银子，也是很快乐的事情了。但更多的时候，还是以玩的心态做事，至于结果如何，那并不是最重要的。

有人说，看见粉丝增加，有压力，有人也会觉得是动力，无可厚非。在网络上混，或许某一天会发现有一种叫粉丝的经济学。传播方式的多种终归是好事。

昨天，收到《看懂世界格局的第一本书》，讲历史，讲经济学。也蛮有些意思的。平时，我们看懂的地方好像很多，但一到具体事情，就好像不那么懂得了。说懂也是一门学问，时常是处于似懂非懂的状态。

《绝望的废墟》，佐佐木让作品。短篇小说集。国外写短篇小说的多，国内的这几年也开始兴盛起来了。大抵说来，出版社不乐意出短篇小说，是觉得长篇小说更容易赚钱一些，似乎读者都是傻瓜级别的人物了。

天气时好时坏，连出去参加活动的兴趣都少了，在家，也无非是做做家务什么的就完事。泡一杯茶，边喝茶边上网，或读书，也好。但这一种风景也越来越难得了，毕竟需要面对的生活并非都是风花雪月。

家里的书还没上架，散乱地放在房间里，到处都是，因为书架还没买回来之故，更重要的是觉得空间太狭小了，连书房的可能都没有，把客厅用书装起来，算不算一种风景？

2011 年 3 月 25 日　春光好

每天跑来跑去，几乎是跨城的，单位里来回长达六十余公里上班的人不多，但这也不是炫耀的资本，想来，这可真是劳碌的命，跑这么远，当然不是为了看风景。再说，华阳又有什么风景可看的呢？

昨天，通知今天去参加一个关于动漫的会，结果是 10 点钟了，不见领导来，等啊等啊，终于等到 11 点过，才来，匆忙开会，大家各自简要的发言，说不上有什么透彻的说明，无非是简单说一下而已。一个上午就这样泡汤了，原本很多事要进行的，这样的浪费时间才是生命的浪费。

这几天，成都开糖酒会，上班正好路过其所在的新会展中心，交通自然不好，人山人海，据说有十多万人参加。早上出门坐102路车，一下子就坐满了人，全是去看糖酒会的，其实，对这样的活动，真的没什么兴趣去围观。到底，喝酒也跟这个无关。

玩QQ的时间缩短了，是因为有了一个ipad，然后找无线网络，家里安装了一个，似乎每次都需要调整一番，还没怎么会用。对新技术一直是菜鸟级别的，很多东西都得学习一下，好在，有了网络，这些都是小问题了。随便谷歌一下，都能解决问题。

五十名作家跟百度谈谈侵权的事，没有结果。其实，中国的互联网到底是个乱世江湖，不讲道理，不讲规矩的多矣。不是没有版权法规，而是没有个遵守的可能，网站做来做去，也就没多大的意思，谈不上有多少文化理想。孔二狗说，要去扇李彦宏两耳光，当然，这方案不可行。

这个周末有很多事情要处理了。去年做的悦读读书会经营不善，还是决定关门了事。其实，读书这回事，原本很个人，拿出来晒晒，网上倒也没什么，大家坐在一起讨论，似乎没那个氛围（大家阅读的方向也不同）。原本想着结束了，大家应该聚聚，纪念一下，但之前却有朋友阿章的邀请，只好去参加她的新书发布会。

原本，想着周末好好睡一下懒觉，都是有些奢侈的事。不过，有些事可能还是自己找的，在城市里，总是怕寂寞，远离了城市空间，成为边缘人。这一种心态，要不得。

写冉云飞的书房，这个周末要交稿子了，上周本来说好交的，又拖延了一周，说来，这稿子拖的时间也有几个月了，真是懒得可以。拖延症是这个时代最厉害的病症，以至于非逼着才做，是最佳的状态了。

那么，今天晚上争取完成两三篇小稿，这个月基本上不用写什么稿子了，到底努力了一下，还是多少把ipad的钱挣了回来。呵呵，靠稿费买房是不现实的，买个ipad还不是问题嘛。

最新一期的《三流生活周刊》开始筹备了，也许他日可以放在ipad上阅读了。争取在下半年实行吧。接触了一些版权代理的公司，觉得这事做着靠谱的话，在未来，应当是不难把刊物做大，用心一点，读者自能看出其中的努力。

2011年4月9日　逛会馆，赏风景

最近几天的天气反复无常，很多人一不小心都感冒了。出门原以为是晴天的，却是阴雨天气……总似乎春天是阴差阳错一般，让人无法消受。出门看天，也好像看不懂天了。

成都天冷，犹如冬天，这个不靠谱的季节。按道理说，这应当是春天的季节了，却还有这样的天气，难道就像我们日常生活中那些无法把控的东西，找不到未来的方向？

乱七八糟的读书，一些书，读到一半就不再理会了，浪费了光阴似的。一口气读下来，固然痛快，但也是难得一见，好看的书还是要慢慢品读的，这就好比上山赏花，需要有那个心境才能看出风景来。

林月白，这名字像小说中的人物。也许某一天，可以写点小说玩玩，很久没写小说了，现在读的小说倒是不少，读来读去，还是忍不住技痒，大概每个人都是这样，对新玩法，总是很期待，想尝试一番。写小说，还是愿意写点短篇小说，有点快意，这也是一种诱惑。

现在的一些知识分子忘记了自己的身份，只做一些阿谀奉承的事，也真是一个悲剧。

这一周几乎没出来活动，整天下班以后就往家赶，待在家里，连楼都难得一下。这不是没事情做，而是春天太适合慵懒了，懒得犹如孤世独绝的样子。

清明假期，陪着侄儿闲逛了下洛带古镇，是距离最近的古镇，只有几个小时的时间，只能瞎逛一气，看看街景，打望下美女，尝下伤心凉粉。原来想着去锦里或宽窄巷子去看看，不大喜欢那里的氛围，只好打住。侄儿第一次来成都，当好好欣赏成都的风景、人情，可惜时间太短了，只好走马观花地看。

看了湖广会馆，上次来还是去年的事情，这次有展览，很不错的说，展览的是湖广人的生活生产的工具，看似简陋了下，没有声像资料具有现场感，但这在几个会馆里算是最好的了。如果再做得精致一点，是可以做一些画册什么的，也许会有市场。

江西会馆成了喝茶、咖啡的地方，说是文化馆，连参观的可能都没有，服务小妹不美，语言亦恶：想参观去别的地方，你喝茶还是咖啡？把会馆整成这样的状况，真是大为不幸。这也说明了当下会馆的身份尴尬，这样的一个场所如果任其自生自灭，那就毁了。

春天出行，到处都是人多，去龙泉的车子要排队，只为了去看那一朵桃花。以前还喜欢玩春游，现在都没那份兴致了。周末，在家，翻书，或逛街、逛书店，都很安逸，犯不着跟众人一起去挤。

2011 年 4 月 16 日　哪儿有闲情听唠叨

纠结，4 月份的热词是什么呢？有时候还想着做一个热词词典玩，但这工作量太大了，也非一个人的能力所能做的。有时候有点创意的想法，一旦遭遇现实，可能就夭折了，更多的时候只能是想想而已。

终于看到了《信睿》杂志，并没有原来的《SOHO》小报好，版式疏朗，看上去内容很少，有点空，像七八十年代的杂志那样粗疏，翻翻，文章没细看，相信内容还是很好的，只是设计上没做好罢了。相比较，《大方》也不是很好，杂志不像杂志，图书不像图书，四不像，倒是《天南》几方面都做得不错，在未来，也许是值得期待的杂志。

很讨厌拉手网的团购，像病毒一样，取消不了信息，每天准时发布到手机上，比有些地方的宣传还厉害。可惜从来不去他们推荐的地方消费，真是浪费了。面对病毒营销，最好的方式不理睬，把信息删除就是。

今天看“夏季呓语”画展，收获很多，策划了个插画展，给做公益的夏莉莉同学募集到书架，然后也谈到了动漫公司产品的应用开发，当然，最开心的是一群老友聚在一起畅聊，不觉间，出门下雨了，时间也已经是夜里 10 点了。

原来美女都是喜欢八卦的，刚才八卦了下前同事的爱情。她最近找了一男友，看上去就像江湖骗子，但好像对他们都不存在这样的问题。有时，男女的情感真的很难说，爱了，恨了，不必追踪到最后，那结局是不是完美并不重要的。

不知道为什么，最近不爱看杨绛的了。可能是因为读她的书，读出了某种炫耀又不靠谱的情绪，网上查找相关的信息，还是觉得她的书可以列入可看可不看的行列，外行人总是看到热闹的一面。

你是不是，也以为生活在民国呢。1949 年前的民国，当然不是今天的民国。我的意思是，我们距离那个民国真的远了，要追一时半会也追不上的，另辟蹊径或许是唯一的途径，最终还是走向文化的深处中去才是。

周末，基本上宅在家里，一个人看看书，喝喝茶，多好。

不必侍花弄草，越来越没闲情逸致了，连爱好也越来越少了，以至于简单的生活都过不来了，虚荣心增加了，总觉得自己口袋的银子比旁人少了许多。这心态，真是不好。

最近，偶尔老毛病会犯，给别人说如何如何做事，这话听上去也够让人讨厌，结果还没完。是不是老年了？据说老年人喜欢以经验显摆，但最后呢，连一两个“粉丝”都保不住了，大家都在有事情忙活，哪儿有闲情听唠叨。

感慨一下，需要自觉：俨然社会活动家，各种场合都出现，虚名一个，却以为是自己想要的生活，喝酒，聊天，很痛快，回家的路上一个人，恍然若梦。

上班，在办公室也充满了争斗，原本一件小事也会被上纲上线，厌倦了这样的做法。看老板的眼色行事，做的事没个性，折腾来去，最终受伤害的还是自己，在一个地方上班，仅仅满足于挣点小钱，没有尊严，也注定是没意义的生活了。

2011 年 4 月 24 日　这一天，事关读书

昨夜跟向总到小通巷去喝酒，已经是晚上 10 点了，匆匆的喝酒，一不小心喝了三斤多梅子酒，似乎也没觉得怎么样。是酒量见涨了，还是酒越喝越淡，都找不到那味道了。

然后，看见一对醉人说着醉话，喝酒。后来，步行到“金色夏威夷”去吃抄手。风大，坐在外面吃烧烤，应该是更冷的了，还是作罢。然后回家，什么事也不去想，倒头就睡。

一早醒来，已经 7 点过，继续睡觉，9 点过起床，读下诗歌，然后就混微博去了，想写点字，没感觉，作罢。这混沌的状态让自己生气，为何不好好做一些事情呢？

太阳很好，适宜短裤出门，但如此出门似乎也不是很好的，换掉，凉鞋也找出来了，也只好换掉。出门去交电费，结

果账单未出，那就只好等到 6 月份吧。小区前段时间换了智能电表，就搞不明白电费情况了，生怕一不小心就被停电了。

到白夜酒吧参加《天南》杂志成都发布会，去的不早不晚，有一些人先到了，其实来参加这样的活动，似乎越来越没动力了，主要是几个朋友相见而已。

见到作家阿乙，忘记把他的小说带过来签名了，也早忘记了买一些，请他签名。以后，在书店遇到这事，还是多争取一些签名本才好。上次在长沙的相见，很欢乐，现在想想，都觉得这样的书友聚会还是太少了点。

大家谈《天南》杂志，谈来谈去，都成了对文学杂志的批评与表扬，或者说，对文学杂志，了解的自以为很多的，谈的话题却跑得很远，倒是对《天南》赞赏有加，更像圈外人士。大概对新生杂志总是有这样不同意见的。

听了半天，跟今日阅读书店的但捷坐在角落里喝茶、聊天，以及以后策划活动什么的。总的来说，做这样的活动，一定不能太圈子化、小众了，否则，就远离了大众，最后自然不会有很好的效果。

阿乙说，做杂志不要为了人民币讨好读者。其实，杂志的风格在于不断开拓，如果仅仅是为了讨好某一类群体，丧失了自己的立场，这样也会做得很艰难的吧。

活动结束后，一群人去井巷子的名为“市井生活”的餐馆吃饭，上次来了一次，感觉很好。到了才发现已经没了位置，还有人在排队，只好步行去吃老妈蹄花。

在宽窄巷子消费似乎越来越不靠谱，哪怕是再普通的食物，也价格高得离谱，倒是在 2007 年那时来这里吃饭喝酒，快意，也都没今日的模样，更不要说那时的社会还没今天的浮躁，虽然宽巷子看上去就已是个破烂的工地。

去东城根街吃老妈蹄花，同行的几个人都是做媒体的，其中的孙晓筠老师是第一次见。不过，早在七八年前就久闻大名了，那应该是《四川青年报》和稍后的《读者报》吧，这两份报纸好像都已成为过去的历史。

说到老妈蹄花，可是成都的一大特产，更是在一个短片中风靡一时，不过，现在的蹄花价格高了许多，味道似也有些打折扣，遇到这样的事似乎是常见的，成都的川菜，没有以前的好吃了，虽然花样翻新了不少。

原来，“寒山书社”兄跟川大的37度书吧的老马熟悉，约着晚上几个人去那里聊聊短篇小说，谈谈文学，结果店员不知道这活动，临时取消，就放心的吃喝。原来，喝过酒的阿乙话很多，以前还是没发现的。

世界读书日，有几个外地朋友约来成都，但这次没来成都，真是遗憾，但好在距离不是很远，有的是时间，但如果在一起淘淘书，还真是得有机缘才成。有时，外地朋友来，也经常带着逛书店，好歹总是一场书场艳遇嘛。

原来约着活动结束后几个人到九眼桥的酒吧聊聊，体验下成都的酒吧文化，也只好取消了，步行去求知书社书店，不想已经关门，时间已经是9点半了。

等公交车回家。却遇见了柏桦、蒋蓝、欧宁、翟永明、李享几位，他们刚吃过饭出来，顺便跟蒋蓝又闲聊了几句，各自散去。

2011年5月7日　浮生中的一大白而已

最近收到了郭台铭的传记，没打算写什么字。哪怕有稿费赚也不写了，不是不爱钱，而是觉得写来写去，除了叫好之外，是不能批评的，没自己的声音，那不是等于说废话吗？

昨天，邻居帮忙注册了个 ipad 账号，明天去测试下，下载点东西玩玩。向总说，你买 ipad，无非是玩玩微博呀。我可真不是的呢。写微博，没有网友“漂浮的小白”写的多，也没有网友“蓝紫木槿”勤快，顶多是关注的兴趣杂乱一些吧。

进入到 5 月，似乎都不在状态了，写字也不勤快了。似乎经常有这样的惰性，一不小心都懒惰了起来。

今年能出版一本书吧。呵呵，不管是在内地，还是在台湾，并不是最重要的。重要的是有点个人的小趣味就好，我时常这样安慰自己，可见没有一个好的机制，连动力也会打折扣的。

呵呵，从这个月开始，少出去玩一点，多在家写字。那个关于侠客和歌妓的书稿，还没动一个字的，放了好几年，没有出版的动力，或许更重要的是，样稿在好几个人那里转来转去，没转出什么名堂。

前几天，李浔阳兄在当当网订了两册书，我帮忙收下。一册是老金在线的《论语鼓吹》，一册是日本人的中国游记。刚好，他又遇到了这两册书，自己买了。于是，就自己读了起来。

小区的物管服务不是很地道，电梯间总是脏乱差，好像很多邻居提醒过了，依然没有改进。小区在收一个垃圾转运费，一年九十八块，还没有交，不知道是不是都是这样的收费的。面对强势的物管，小区居民的脾气都不太大，也许是大家忍耐的功夫增强了。

住在三环边，一年多了。写过一篇《三环生活记》，后来收在阿章主编的一本书里，名字叫《梦里小镇》。以后也许可以多写一点这样的文字，还是找到不同的视角的，但就怕写来写去，没新意，读者也是不愿意看的。

忽然有一个想法：这个周末，去三圣乡，要穿城而行，坐车先到九里堤公交站，转车 56 路，坐到终点站，一直想这样测试下成都的公交系统的运行状况。却都懒得出门去坐公交车。

每次坐 501 路车，从桂溪公交站到龙灯路口，都是花差不多一个小时的时间，司机总是很慢，晃晃悠悠，每站都停一下，有没有人上下车，都是无关紧要的，不免宽容地想到，也许这是司机的个人趣味吧。

上班，来回花差不多四个小时在路上吧。所以可以看书，幸好不能移动办公，无线网络不能随时覆盖，所以，带着 ipad 也没辙。到办公室，也没无线网络呀。有几次，几位朋友劝说，去那么远的地方上班，是不是有病呀。

确实，我们患有不同的病症，有时被优雅地称之为嗜好，更多的时候被称为臭毛病。这样说来，似乎都是浮生中的一大白而已。

2011 年 5 月 12 日　有些事，要弄清楚

这几天都是讲地震纪念的事，地震已经过去三年，有多少感慨，多少感言，似都难以言尽。这三年，很抱歉，没写什么地震以及援建表扬的文字，有的只是一点感想。其实，就这个话题所说不多。有的只是了解下而已，没有什么深刻的印象，到底，不是专业人员，看灾区，也只是看一个表面现象，那又何必？

住的地方虽然距离都江堰近了，去的次数却不是很多。最远的仅到过水磨古镇，还是因为那里要出一册书，约着写一则小文。对我来说，写也只会写看到的景象，并没有叫好的必要。

去过青川县，那是地震后的事，江油、北川新县城，都去打望了一盘。说印象，总有说不出的感觉，不是建设得不好，而是看到全新的建筑，总有一种陌生感。距离感。

地震以后，很多 NGO 进去，志愿者进去，这都是好事，手工、传统工艺、低碳、环保，这样的词语组合在一起，就是灾区

的繁荣景象吧。

天气不好不坏，弄得人都没脾气了。于是，精神不振，哪怕是玩一场游戏，都觉得压力很大，这时候总是莫名其妙地过活，也不知道方向。

抱怨与宽容，似乎很容易就能做得很好，但我们时常会忽略一些东西，产生一些抱怨，从而让身心都变得有些浮躁起来。

作家宋石男的朗诵会，或许这个月举行，现在还没最后敲定。谈谈网络，聊聊民生，都很不错的主意。但到底聊些什么，还要确定。很喜欢小范围的活动，一二十个人做个朗诵会，小清新也好，重口味也罢，总需有点自己的特色才好。

上午，去参加一个跟地震相关的活动。对生活在灾区的人来说，灾难已经过去，他们或沉浸在新生活的喜悦当中；家中重新燃起了温情。回顾地震三年来的历程，给人更多的是感慨，地震的无常，人间的大爱。好吧。我们得承认生活还是有美好的一面，就像它也有不美好的一面一样。但要描述生活的全部，是一大问题，也许我们对此思考太少了。

这几天，没好好写点文字。蓝紫木槿一不小心一个月就写了本书稿出来，我呢，则恍恍惚惚的，什么都没做出来，书稿的那个文件夹里还是一片空白，这让我有了点动力，再不写下去，笔都秃了，不对，是键盘都蒙上灰尘了。

2011 年 5 月 18 日　传统、习惯都会有所改变的

这几天都在东奔西跑，忙小孩子教育的事，其实，把户口移居过来，无非是为了小孩子读书罢了，在农村的土地也会渐渐地被丢弃了。家里有几亩土地，吃菜、饭都是现成的，不必担心农药，不必担心食品的安全。对于城市生活，这也很遥远。

在城市里，就要舍弃很多传统的东西了。连生活习惯都发

生了很大的转变，原来在乡下可以每天睡到自然醒，吃饭喝茶也很随意，不必担心生活未来会怎么样，时间是缓慢的。

现在聊文学，似乎也是很奢侈的事，原因是大家都忙着挣钱，做大项目，哪儿还有心境看点深刻的书。也许这样的时代，最能反映点什么。遇到只谈钱的人，也有点面目可憎的感觉吧。

以后，图书的市场会有所压缩，但不会灭绝。而电子阅读越来越流行，浅阅读越来越成为趋势，而传统阅读将更为小众、奢侈。

最近写的一些文稿，除了在报刊发之外，少在博客上张贴了，或干脆不贴了，留待出一册书吧。这几年，也有朋友说，出的书太少了，应该多出书，要不，看上去很落伍。

出书，是兴趣，不过是玩票而已。哪儿能正儿八经的想到挣多少版税回来，把书印出来，自己满意，有人阅读，岂不是一种幸福，难道非要靠挣钱为目的吗？似乎我们做事应该更为纯粹一些了。话又说回来，能挣点钱，也不会拒绝的呢。

跟几个朋友，坐在一起喝茶，闲扯，看似闲扯，其实还是有很明确的目的性，无非是为了工作的开展罢了。什么时候，我也变得这样世俗了呢，把喝茶的清静赶成了工作场所？

每年都有懒散的时期，都想出游一下，见见朋友，不必看风景。但却时常给自己理由，不必那么辛苦的出门，“卧游”也是很好的方式。

隔壁邻居在装修，有点吵，昨天是第一天装修吧，直做到晚上 8 点才结束。希望快点结束才好，要不，这个夏天就在吵闹中度过了。想到这样的事，就觉得有点恐怖的日子要来了。

答应完成的书稿，还没签约，写来写去，还没多少头绪，得慢慢来，这事急不得。或许是自己心存焦虑，总是想快点做完手中的活路，一件件地完成，不徐不疾，那一种状态，似很难达到的。

2011 年 5 月 19 日　分享一下，这朴素的生活

最近很少收到快递了，难道是因为老是批评快递公司，就像有篇雄文说的一样：他们是一个组织的。看到这样的批评，就把快递私自处理了。从此让快递消失得不见踪影。

明天，药家鑫案不知道会怎么样，从网络上的分析看，不大乐观，这个时代，值得我们乐观的东西似乎越来越少了，有什么更多的内容让我们激情焕发的？也许有一些，但总是激不起兴趣，我原本是乐观派，居然也这样了，是不是自己过于杞人忧天了。

总觉得压力蛮大，前几天，居住在京城的前同事，打算重新出来工作了，养了小孩子，供房每月七千块，加上日常生活开销，一个人工作简直是无法承受，这样的一个时代，面对这样的压力，是无法乐观的吧。

昨天，提前下班回家。在办公室，他们讲的一些笑话，一点不大好笑，而且都是关于女人家，赶紧走开，听来听去，似乎就那样，这些事以后或许可以写成文字呈现出来，这几年好歹也在职场混了那么多年，到底愚钝了些，总觉得不大好玩，对折腾的事没兴趣做。

有那么一个同事，刚进公司，对大家热情的不得了，一会倒水，一会拿出零食来，弄得大家都很高兴。在办公室，我却懒得这样做，这样也许会给别人一些印象，不够随和，其实，在工作场所，这样的热情会不会是一种忌讳，不大知道。

好像在日常生活中，就那么过去了，有一点无奈，有一点遗憾，有一点想象，有一点空间。看多了人世间的沧桑，忽然就觉得老了。

懒散，不想做什么，其实，很多时候，人一辈子也难得有心情做自己想做的事情，不是因为环境太糟，而是总觉得有时间去做，来得及。

好的心态很重要，不管外面刮风下雨，都跟自己无关，看大千世界，也是浮云。

这周六，约了几个朋友去喝茶，聊天，难得悠闲，也不是很悠闲，不过是身体力行做好自己的事情罢了，再者，喝茶的场景，打算拍一些照片，留作《Tasty》的备用，相机是傻瓜相机，拍出点意思还是不错的，等有时间换个好一点的再说。

上周末，参加成都尘心主持的地产分享活动，摄影师顺手拍下的照片，也很不错了，翻检电脑里的最近照片，不是很多，主要觉得一个胖子到处留影，可能是煞风景的。

2011 年 5 月 21 日　不在夜场出没

今天下午，约几个朋友去喝茶，聊天，现在的社交圈子小了，似乎只有一群人是相关的，其他都是无关似的。然而，在人生这个舞台上，谁都无法区分未来会怎么样，在结识人上面，也是无法预料的。总会因某种机缘走近或走远，实在是强求不得。

上班的路上，读焦桐的《台湾味道》。没去过台湾，只能在文字中感受美食，感受那一份情感了。据说成都很快会开放自由行，那以后也可以去逛台湾，尝美食、淘旧书。

成都有一家名叫飞康达的快递公司，好像上次说了一次，无法把书快递过来，但他们振振有词。遇到这样的快递公司，只能认了，下次再遇到，一定骂他们一次才好。他们总是有理由推脱，不把货送过来。

小区计划成立业主委员会，房产证还没拿到。这个路很漫长，关键是现在的物管做事完全不负责，自行车在电梯里上下，垃圾到处都是，除了收费，似乎服务的内容很少，遇到这样的物管，岂止是不爽，每次回家，都忍不住向保安抱怨一番。

单元的入户门口的墙壁有些斑驳，入住才不过一年的光景呢，也不见有人来修补，好像很老旧的小区似的。也许物管也是为了省事，以后集中修补，但我想，这多半是不靠谱的想法。

终于，夜晚凉快了，却懒得睡觉。或者说，这样的夜晚，有雨，是适宜想象的。夏天，难以激发出想象力的，有时，只好稀里糊涂过下去，对人生有个交代，有紧迫感，这常常是被忽略的部分。

下班回家的路上，一路堵车，差不多要三个小时才到家，5 点过出门，到家差不多 8 点了。除了等车，在车上混过去，翻书，看焦桐的文字，饥饿感很快上来了，后来干脆睡觉。

原想着路过菜市场，买几个馒头，随便就对付过去了。幸好不是染色馒头，但质量也不是多靠谱的，只能将就对付过去。结果是没买到馒头，还是吃面对付吧，中午，在单位食堂也是吃面的。

固然对美食有喜好，但一个人还是懒得动手，原因在于没人分享，更因为没人赞美吧。吃饭的氛围在我，还是觉得好玩一点才好，也许，一个人吃饭的孤寂可能是不利于消化呢。

说坚守。如果是一个正确的方向，是值得坚守的，成功是早晚的事情。但有时候，坚守并不是以成败来论的，而是这个坚守的过程，是有很多值得回味的东西让人留恋。

风有些大，把门吹得哗啦哗啦响，如果夏天都这样的清爽，是不是也是一种幸福。可惜，这样的小幸福，也是越来越少了。

夏莉莉约着明天去都江堰看看他们做的公益项目，都说了很久了，一直没去过，据说，以余秋雨命名的秋雨塔就在那附近，可以去围观一下，拍一些照片回来，好久没拍照了，手艺都觉得有些生疏了。

上次去都江堰，还是去年上半年的事，一年都没去了。原来想着距离近，可以经常去爬爬青城山什么的。不想，这样的休闲，现在也是一种奢侈。

想来，这应该是自己懒惰的缘故，很少上下楼，一个人宅着，过简单生活。其实，更多的时候，是不大想生活太麻烦，麻烦别人不好，麻烦自己，也是一种麻烦了。

2011 年 5 月 28 日　政治其实是一场日常生活

一大早，就起床了，上 GMAIL 邮箱，又是无法登录，最近一段时间经常遇到这样的状况。换其他的邮箱，又懒得换了，还是折腾吧。

昨天，晚上跟新浪微博的一群博友去阿郎私房菜闲玩，喝点青稞酒，遇到了原来做媒体的张鹏程，现在搞旅游的营销策划去了。做媒体不大好玩，限制多，无自由。原来做媒体的朋友，大都转行了。

有两个云南丽江来的歌手，来一个歌词串烧，喝酒不少，差不多有十斤酒，还不够打发的，谈了下《Tasty》的做法，希望以后有一些线下活动进行，活动未必要多精彩，好玩就成。

我们越来越忽略掉了自己的感受，只在乎那些鸡毛蒜皮的事情，以至于我们的生活看上去没多少变化，甚至于连颜色都无法分辨了。

读了宋尾兄的《到世界里去》，短篇小说集，即将出版，值得期待的很多。现在国内的短篇小说集出了一些，可看的很多。这是好事，大家不必去挤着写长篇小说，可能在收入上会少一些，这是好气象。

蒋一谈的《赫本啊赫本》，跟《鲁迅的胡子》对照，自然是一种延续，喜欢的风格，写小说多一份从容，把故事叙述好，才是关键。他说：故事创意+语感+叙事节奏+阅读后的想象空间。

打算明天去逛逛非物质遗产博览会，以前，想做相关的事，一直没做，总觉得自己功力不够，说来说去，只懂得一点皮毛，对创意认识不足，所以看看非遗，也仅仅是看看罢了。

有空还是把房子简单装一下，没更好的计划，懒散的人呢。

2011年6月2日　好吧，聊一下什么的

早起，昨天夜里，读完《刘氏女》，感慨万千，不大像小说，倒像纪实文本，那故事是悲剧，就像许多悲剧一样，没有解决的方式，唯有杀人一途了。组织如果考虑让他们离婚，也许不会有这样的结局了。

儿童节，购书若干，有剪纸类，有童话，有小说，其实，对每个一个孩子来说，儿童节都是过一个少一个，随后就成人了，压力也来了。在这个过程中，父母的期望也是不断在变化吧。但怎么样，都是希望他们在未来的生活中是一位成功者。

每天清晨，都有鸟叫声，小区旁边是绿道，时常也会在那里见到不知名的小鸟，它们的神情跟人多少有些相似之处，有时间真的是可以去拍一下它们的日常生活。

有一天闲着无事，在家宅着。忽然有一只鸟在家里鸣叫，22楼哦，很开心，似乎只是为了打一个招呼，然后也没吃什么东西，就又飞走了。

去年的时候，在22楼还能听到蟋蟀的叫声，很自然的状态，不知道它是在楼上生长的，还是从地面爬了这样高的楼上来

的，今年还会听到吗？如果去年是一代的话，今年的至少是二代了。它们的生活是怎样的？对我们来说，更多的是一个秘密。

这个月加紧时间赶字吧。无他，早早完成也是一种解脱，更何况，在夏天写字，也是一种很艰苦的事。另外，生活美学的稿子依然在进行，有点好玩，有点趣味就可以了，不必做得那么花里胡哨，有时候，我们追求的是一种欲望。

2011年6月4日　宅是一种状态

那一年，还是十四岁的少年。读中学，对当时的许多大事都只是从广播上听说，电视上的画面，印象无多。

很多时间，我们在担心，这未来会怎么样？既然知道未来会有一个很好的状态，跟期望的相似，仍然心存焦虑，无他，这样的状况总让人觉得有些郁闷。

昨天，早早的回家，动漫公司经由人事变动，我也解放了。其实，这段时间上班也有心无力的感觉，人事上不尽如人意，做事的似乎都成了一种累。原来几个人员把执行老大炒下，但又没有美好的未来，所以折腾下来，谁也不会有好处。

晚上，跟前同事孙邦彦吃着火锅，喝着梅子酒，不在状态，后来两个人喝了一瓶啤酒，都有要醉倒的感觉了。想着那人事变动，反正都跟自己无关了。

后来，回家，已经晚上9点过了，顺便逛逛商场，买咖啡回家，还好，可以慢慢写字了，前天的状态是差不多七八千字，像网络写手呀。真没想到事隔多年，还能有如此的速度，神奇。

嗯，这个月把答应的书稿写完，其实是现代故事又有历史的影子，语言、风格差异很大，很有点意思的小说吧。看多了这样的小说，也忍不住技痒，自己动起手来，没加进推理的元素，现在计划的是第一版本，以后有机会，每个单独丰富成章，精耕细作。

以前，也写过短篇小说，还有点意思的，整理了一下，差不多七八万字了，再修订下，可以做个电子书玩玩。无他，做这样的书，是纪念，并不是为了赚钱。

有时候，觉得这是天真的想法，看见有的作家一年做一部自选的文集，市场多大，并没有多考虑，事实上，在面对图书时，我觉得博客差不多已经满足了这一份虚荣心。

前几天有没有说，你该去做杂志呀。没劲。一份普通的杂志发行也不过三五万份而已，再少一点三五千份罢了。一个博客差不多每月有十多万的流量，相当于一份杂志了。博客想怎么关注都可以，写的自己满意就成，杂志完全照顾不到个人的情趣的，更不要说情绪了。

这可不是一种偏见，总觉得杂志做了那么多年，回头再看，有多少人记住那些曾经的文字，以及故事呢？这可不能归结为碎片时代，或许只是杂志速朽的原因所在。

这个月基本上要在家宅着，看看书，写写字，顺便把房间整修一下。昨天去看了书柜，实木的最便宜的要一千四百一个，还在犹豫是不是换一种其他风格的，要配备下来，差不多是几千上万块了。书多起来，也很恼火的事情，家人见了不知道又会作何感想。

书房没得了，客厅且用书柜装起来，也是没办法的事，当初购房时，是想到了书的问题，但空间太有限了，如果有一个大宅院，想必不会这样费思量，到底该给书留一个怎样的空间。

以后，有机会还是换一个大一点的空间了，也只能这样想象了。对一个工薪族来说，买房、就业，所面临的挑战是空前的，至于未来会怎样，更多的是走一步看一步。

今天下午，去弘文书局，谈个事情，顺便去心岱同学推荐的那家旧书店看看，这个节日还是值得看看书的。顺便带着相机，拍一些照片回来。但到了地方，却一张照片都没拍，买几册书，就回来了。

嗯哼，写字去了，这个节日不快乐。

2011年6月6日　不写诗，不纪念

昨天，在家宅了一天，看看书，写写字，不亦说乎。这样的怡然自得也颇为难得了，在大家都向前奔走的过程中，往回走，看看来路，或许也十分必要。

原来打算去非遗节看看，懒得跑了，距离太远，总怕看到太多不如意的东西（那会让人失望的吧）。这就好像文化产业很热，至于热到哪种程度，不得而知的（表面看，很热闹）。

在家，适合冥想。我们处在这个时代，见多了纷乱的人际关系，勾心斗角，容易受伤，有的人同事一场，很快就忘记了，无从记忆得起，有的会继续来往，也许会一辈子。

最近，写字，更喜欢用微博体了。一下子写个一二十条，短句，有点意思。像小说一般，故事，叙述，书评，有点像书话了，只是借谈论书，浇心中块垒，说自己的话罢了，随意一点。

端午节，在老家也很简单，无非是吃吃喝喝而已，至于屈原，记得人不多吧，也不必记那么多，到底连当下的生活都没搞好，哪儿还有心情记这许多呢。我们对待传统节日，却不知道传统在哪里，这可真是一个悲剧。

在外地过了十多年的端午节，已经习惯了另外一种生活，老家的记忆依然清晰，有时候，我们就是这样矛盾着，以至于我们总会发现我们缺失的很多，无从再找回来了。

深圳的邓康延老师做的民国教育课本，很有意思，其实，早就知道他在做这些事情了。成都的冉云飞也在做民国语文教材

的事，这个计划目前已经搁浅了。对民国教材的研究，再对比当下，是大有意味的。

上海译文出版社出版的汝龙翻译的《契诃夫文集》十一卷，六折，打算入手一套，老版的《契诃夫小说集》，是薄薄的册子，几十种，现在还没集齐，遇到的总会收进来，同时，复本有一些。

今天，继续宅着。不写诗，不纪念。这个6月，留下的遗憾不少的。

2011年6月14日 插画展，读友会

嗯，成都插画四人联展将在7月2日隆重在今日阅读书店开展，俺做的事情就是陪着看画展，讲讲其中的趣事什么的，不过，最大的乐趣是参与其中，做策展，还是第一次，也算不上什么策展，先有个想法，然后大家碰下头，就确定做了的嘛。

这次插画展，三男一女，女的是易鸿老师，她在《门里家居》上曾有专栏，后来在弘文书局参加画展，在一家杂志主持艺术专栏，芒果，画的插画很多了，在豆瓣、微博上时常可以看到他的信息。甘霖，画的插画也很好，在弘文书局可以看到他的作品的，石鸣，小小说作家，既做摄影，又做杂志，多栖人物，他的插画第一次看，很好的。

这次插画展，还将推出明信片，一套八张，自然，少不得藏书票。活动在凯丹广场展出以后，将在欢乐谷继续展览，并将走进大型社区进行展览，我们倡导的是艺术生活，就像诗歌生活一样，你也可以这样，原来，它们都是如此简单的。

庹政的新书《青铜市长》最近亮相，计划在下个月或这个月底做一个读友交流会，谈谈小说，聊聊生活。确实，现实比小说更有现实意义，内容也似更宽泛，更真实，在这样的状况下，

小说是否会失去市场呢。

这几天，终于还是决定休息一下，不去上班算啦。无他，跑那么远上班，如果时常听到抱怨，是不开心的，不开心的事做起来也是颇为烦恼的吧。之所以作如此想，是因为看了太多的喧闹，跟自己的未来关系却不大，干嘛去凑热闹呢。那就在家里写写东西，喝喝茶，也很好嘛。这，这至少是不出门给交通添麻烦了。

昨天，收到一包书，有的很喜欢，比如《无聊的哲学》，比如《文学是什么》。这让我想起点什么，大概是我们现在的生活过于表面化，以至于看上去很美好，只有自己才知道那是多么差劲的生活了。

曲梵兄寄来的《阎锡山日记》(1931~1950)，阎锡山在山西执政三十八年，蒋公两度誉其为“模范省长”，而在另一种的意识形态中，他是军阀。历史的有趣性不是在意识形态中的判断，而是时间最终给人以定位，相对于时下的浮躁气息，大师似很多，但经得起考验的有几个，却是一个疑问。

起得早，真想再睡个回笼觉，但天已大亮，外面的车声一片，夏天来了，还是起床写博客吧。呵呵，原来自己每天纠结的好像是小情绪。

2011 年 6 月 15 日　说些酒话

这夏天来了，晚上照例约几个人过夏天，少不得喝酒聊天，这酒喝得尽兴，偶尔也会大醉而归，如果没醉过几回酒，确实不太像话，不是太清醒，就是酒量太大啦。

有时候是梅子酒。那天跟向总喝了两三斤梅子酒，似乎算下来不少了，但有次跟黑子喝酒，他居然说，从前是四五斤白酒，现在嘛，随便喝下，这是很容易被吓倒的。惹不起呢，只好随意喝点啤酒算了。

喝通宵的场次少了，总是喝到半路都有些困意了，是不是年纪老大，经受不起这喝酒的折腾了呢？不得而知，以前觉得一群人吃饭，少了酒就少了趣味。其实，是无聊的人生需要以酒解闷罢了。

喝酒，没个固定的偏好，更多的是遇见什么酒喝什么，但像不靠谱的劲酒就排除在外了。昨天，在时代印象跟朋友吃饭，有美女说她们在做活动，免费试饮，被拒绝了。

好像最近的老瘾客火锅在搞活动，勇闯天涯才五块八一瓶，不知别的店是不是，我就问有没有一块钱一瓶的金威啤酒？小妹摇摇头，这等事似乎好多年没再遇到过。

刚从大学出来的时候，几个同寝室的同学经常聚饮，有次，几个人去吃火锅，说是吃火锅，实在是贪恋那里的一块钱一瓶的啤酒，从中午开始吃喝，把店家冰冻的啤酒喝完，又来了加冰的啤酒，喝了不少，等晚饭时间开始，陆续有人进来，才作罢。

有美食，当然需要美酒了。所谓美食，在更多的时候，应该理解为下酒菜吧。以前的房东，生花生也可下酒，多的时候，从早上喝到晚上，酒也不是多好的酒，江津老白干耳。

美食创意，在成都似乎不是很多，连菜名都取得不土不洋，味道似乎也不怎么好，随大流的多，也就是所谓的家常菜。自己写饮食文字还是性情，有点意思，能留下念想才会记住。

有时想想，一个不吃烟不喝酒的男人是不是有些孤独感。固然不受烟酒的损害，但这不是丢失了很多的乐趣吗？如果一个人无趣地过一辈子，那是不是有些失败？

这样说，实在是我们这喝酒，不过是寻些乐子罢了。那么，有空闲有时间，一群人喝喝酒，聊聊天也足够好了，能在一起喝酒的人才算真性情吧。

2011年6月20日　关于歌舞伎的事

现在基本上是过简单生活，出门应酬少了，工作的事有条不紊做下去，可能暂时不去上班，有些内容是以项目合作的方式在进行，不必跑路，倒是随心所欲的做，这也是开心的事。

周末，听说原来上班的动漫公司已经解散了。多少是有些出乎意料，原来还是希望会做下去，投资人和操盘者之间需要一个平衡点，做得不好的话，大概就是这样的状态了。

这一周把一些事处理完就不需要再过去了。现在的公司老板做事总是出人意料，也不完全是为了公司负责吧，说白了，只是对自己的资产负责而已，想来，这也是投资的最大缺憾，不能有充分的资金支持，做动漫行业，期望靠机遇去挣钱，而不是有长远的发展，可能最终都会失败的。

这大半年来，接触了动漫人士不少，有好有歹。更多的是人事上的累，原本很顺利的事，却因为人事上的唧唧歪歪，导致工作无法开展，以至于有最后解散这样的局面。

也遇见了好几家这样的公司，当新人来时，旧人还在，自然涉及公司发展之争，最后是演变成个人利益之争了。其实，争执下来，两败俱伤，最后散伙了事，自然是失败的案例了。

通过半年的时间接触，对动漫行业基本了解，多少可以应用到以后的小说当中，这几年，也尝试到了好几种行业，或许称之为积累行业经验，无非是以后写的小说更好看一些吧，想象力当然也很重要了。

成都三环路改造，车声少了许多。住在三环路边一年多了，倒也习惯了各种车声、喇叭声，有段时间夜半回家，还看到到处是车子。似乎每天都是这样，在成都，人多，车多，看到的风景，少矣。

收到《悦读时代》、《点滴》杂志，经常还收到的有《温州读书报》、《开卷》、《书脉》、《泰山书院》、《今日阅读》。《书友》停刊之后，不知何时再会恢复了。民间读书报刊，这几年就是这样的一种状况，变化不大，在今年的年会上是否提出新思路呢？值得期待。

《点滴》双月刊，巴金研究会主办，周立民主编，杂志时常有毛边本，看着很开心。杂志栏目有：还魂草、怀念集、梦与醉、憩园、无题集、短简等。今年第一期的“还魂草”栏目为“汝龙纪念专辑”。

读书年会，做的应该是讨论阅读，讨论民刊的发展方向，比如电子阅读，电子期刊，既然是新媒体的应用，我觉得还是不拒绝的好，不同形态的读书民刊出现，满足不同的读者人群的需求，从这个意义上看，是十分必要的。

晚上，终于可以写一条《碗里江山》的读后感了，先取名叫《美食来了》。根据现在的美食趋势，最好的美食不是在各种馆子里，而是家宴，菜可能简单了些，品质却是有保证的。

《私信中的汪曾祺》，陆建华作品。汪曾祺研究绕不开他，但读汪曾祺还是原文的好，这本书看了前言和后记，以及里面的一章，就没兴趣读下去了，不是内容不够好，多少有自恋的成分在，有时稍嫌夸大，是不是可以更客观一点记述两人之间的交往呢。

因为写歌伎的事，闲着在看《新妓生传》，每周两集的连续剧，现在还没完结，在网上有不少人追看，远比最近那些国产电影好看多了，电视剧是晚上 9 点的节目，韩语，第二天一早就有中文字幕出现，也难得。

歌舞伎，跟歌妓是大大不同的吧。前几天，在网上还买到一册《小妾史》，看上去很学术的，内容如何，拿到以后才知道一二吧。只是网上看了介绍而已，现在的书，只是因为对书名有兴趣，才会读一读的了。

懒散的人，总是懒得出门，今天，宅在家里，打下电话，把接下来的工作交接下，就基本上解放了。在那里待大半年，自己得到的就是一些经验嘛。

2011 年 6 月 23 日　活动随手记

昨天，一大早赶车去西南交通大学的建筑学院，参加今年的建筑双年展的一个活动。上车就打瞌睡，结果一不小心坐到终点站，原来是电子科大的校区，并不是西南交通大学校区。

呵呵，一下子傻眼了。要往回赶，出租车没得，只好继续坐公交车，好不容易到了西南交通大学安靖校区，这地方确实很难找，公交车也没几辆可以抵达的。去建筑学院，也找了下，或者说这里的建筑看上去相差无几，很难区分哪儿是哪儿的，问学生，也不大明白。

上午部分是介绍嘉宾，然后每个人先发言一下，活动很好，但都是纸上谈建筑，少了现场感。建筑，应该有很多有意思的细节，比如他们的调研，比如他们对城市规模的发展（通过地图资料）等等，都让人有兴趣了解一下。

官方的说法，哥伦比亚大学中国实验室将于6月17日至23日在成都进行本次双年展“物我之境”建筑展的调研活动。哥伦比亚大学中国实验室的学生将会在西南大学以工作坊（Workshop）的形式与西南交大的研究生共同展开本次调研活动。

超级街区都市主义、开发区，诸如此类的概念，或许我们早已熟悉，但从许多细节、数据上进行分析，似乎很少了。这其中涉及影响都市发展的复杂机制的特征和数据，包括政治、移民、经济发展等因素，以及相应的城市身体/空间、社会和环境条件等。可对我来说，这是另一个活动空间了。

下午，赶到凯丹广场参加插画展的筹备活动，一些细节上的沟通，就没参加建筑的活动了。这几年，对这些各种各样的细节很感兴趣，或许是因为这年头，注重细节的人越来越多了。

收到蒋一谈兄的小说集两部：《鲁迅的胡子》、《赫本啊赫本》，签名本。短篇小说在最近几年复活，让人看到了未来的发展，也许已不是长篇小说一统天下的时代了。

计划有时间写一写成都的文化志，呵呵，就是这些年的生活经历的一个缩影吧。比如书店比如文化沙龙比如读书会比如诗歌朗诵会比如民间诗刊比如诗会，可以记录不少的，有的是参与者，有的是旁观者，但都可记录下当时观察的心态，以及现在的看法。

明天去内江，参加庹政的《青铜市长》的一个活动，计划做点采访，或对话，对官场小说的看法还不是很多，平时也读的不多，或许总觉得国内的小说，许多在创意、表达方式等方面，都过于平面化，简单化的缘故吧。

这几天没上班，感觉跟上班差不多的，每天都有事情可做，有不少朋友说，可以项目合作的嘛，这样也好，自己空闲的时间也多，偶尔写写稿，看看书，做点事情，也是一种生活方式吧。

2011 年 6 月 27 日　聊聊小说的创意

出门旅行，总是一件值得期待的事，尽管可能因此把手头的工作统统丢下，也没什么大不了的吧。这样说，似乎很不近情理的了。毕竟对一个自由职业者来说，更重要的是把事情做得漂亮，才有不断的事情可做。

去内江，见了一些新老朋友。嗯，不停的见人，有开红酒庄的，有做动漫的，也有搞书画、写字的，不一而足，感觉上这里的文化氛围很不错。文化氛围像成都，待在这个小城里，质量也不会差到哪儿去。

在两天的时间里，吃了两次面，一种是炝锅面，是手工面的一种吧，做法类似北方的烩面，吃起来，也蛮有味道的。如果做一册关于面的书，种类至少也有几百种，想必也是洋洋大观。

有一家叫史家黄辣丁的，据说馆子很好，在乡镇上生意火爆，就开进城里，在西门桥的一条有点深的巷子里。那天去，可惜食客不多，未见盛况，倒是有一家汉丰火锅，中午亦有人排队去吃。由于头一天喝酒太多，胃口也不是很好，只是尝了尝黄辣丁。

连着两个晚上在一家叫多多味的馆子吃冷啖杯，上一次来是不是也是这个地方吃，记不得了。只记得那次喝酒很多，吃的东西也美味，至于更多的印象不清楚了。

昨天下午，抵达成都，武汉的《今古传奇》举行作者会，去谈了谈，喝点小酒。对现在的武侠小说了解不是很多，只能听他们谈，了解个大概，但要说写出流传下去的武侠小说，似乎还不到时候，也许是小说的创意少了。

有一位业余的女作家，三年写了一千万字的作品，真是汗颜，像我这样的写作慢的人，恐怕早就饿死了。这可真是没办法的事，有好几位作者都是写作高手，一年百万字的产量不在话下。

大家谈论现在的小说写作，进入到一个误区，要么故事一般，要么人物创意不足，总的来说跟国外的小说有差距，《今古传奇》的老冯说，是世界观的问题。想来也许是，没有大的格局，小说是难以出众了。

之前，在做动漫这块时，也提到这样的问题。创意，总的来说，是不走寻常路，即便是寻常路，也能有不同的走法才是，但时下的做法，看上去差不多，面目也不甚清晰，何谈让人喜欢呢。

又或者说，现在的小说写作，不存在出版限制，那种不自由正在渐渐的消除，好的作品，放在哪一个平台上（杂志、出版、网络），大概都能有不错的收益。

其实，最近几年看国内的长篇小说不多，大致说来，是缺乏精彩的故事，连创意都缺乏的多，小说是需要策划和操作的，固然这是建立在某一些基础之上的，但我们时常忽略这些因素，所以小说难看也就是自然而然的事。

在场的小说作家们自信很多，这是好事，没看过他们的作品，不好评价的，就自己看过的来说，还是觉得不足比亮点更多一些。

回到家，已经11点了，洗洗，睡觉。夜晚，在孤独中度过，有时候，我们以为理解的事情，却不甚理解，我们浮在事物的表面上，也就看不出事情的真相。

更多的时候，我们在徘徊，犹豫，找不到一些方向。这么说，就像我们的日常生活，总以为自己是对的，但过后才发现是错误了，那一种失落是从未有过的。

嗯，现在诚信危机是中国的最大问题吧。公信力的缺失，固然原因有多种，但就像许倬云说的那样，如果没有开放的姿态，可能只想到自己的利益，最终把小事变大事，一直达到不可收拾的局面。

2011 年 6 月 30 日　那么，一个人出行

晚上，跟远道而来的老才和“杀手黑子”在锦里的三国茶园喝茶回来。路上人少车多，一路顺风。这时候出行刚好。老才是辽宁科学技术出版社的编辑，在网上认识多时了，这是第一次见。

因为见面的时间太短，聊天也是很匆忙。这几年在网上认识的网友不少，差不多有几百上千位吧。外地朋友来成都，只要有时间总是见一见的，体验下成都生活方式，但有时因为时间关系，未必都满意的，好在遗憾总是有机会弥补。

2009 年买房的时候，还能享受财政补贴，税费折扣，现在房贷不断加息，那点费用算下来还不够支付利息的，原来想着是占便宜了，现在看来是上套了哈。不过小区里陆续有人在去办退费、补贴的手续了，这些钱还是拿到手里再说。

收到张国功兄的《长沟流月去无声》（台湾秀威版）签名本，张兄以前在出版社，现在到大学教书去了，做出版的人也在陆续转型，这是学者型的出版人。

简儿、草白、梦之仪，三个女孩子，相识三年，出了三集《映雪集》，每集印二百册，与朋友分享友谊与快乐。今年收到第三集，不容易。朋友玩，能留下来些许纪念是再好不过的了，可惜平时懒于记录这些事，好像都很遥远似的。

刚刚收到《云游客》杂志，这期的专栏是吴苏媚的《亨比的巨石之梦》和我写的《到云南看美女》。吴苏媚以前也在网上多有交流，记得那时候她的网名是菊开那夜。

这个夜晚，王佩、和菜头跟罗永浩不来往了。起因是一件

旧事。其实，以前对罗永浩的印象多好的，后来觉得不大靠谱，在一些聚会上也听到一些不好传闻，后来就取消微博的关注了。不过，他做的牛博网还依然是很好的。

宅在家里，懒得出门。其实，更多的时候在想象，新一期的《舍客》杂志选题在陆续进行，对年轻的编辑多鼓励，有缺点还是指出来才好，三个人做一本杂志内容，压力还是很不小的。

好吧，7月要来了，事情变多了，好好做下去，也是不错的收获，这个周末争取出行一趟，去达州看看，还一直没去过这个城市的。

2011年7月10日 读书札记

小雨，适宜休息。在家看书，写字。有时候太过忙碌，在生活中找不到北，在文字中小憩，想象一下另外的空间，在那样一个不同于现实的世界，发生了许多的故事，也好，可惜，我们时常无法游走在那里。

新一期的《青年环境评论》内容更宽泛，从不同的视角讨论环境问题，封面为探讨中国环保组织的博弈术，深刻。这几年陆续接触了一些环保公益组织，总体感觉很不错。他们虽然规模不是很大，面临资金问题严重，且做的实事不少，但其身份还是尴尬的，据说在不少地方，他们是不受欢迎的。

《城市画报》每个季度都在讨论生活美学，还有点意思，这期讨论的是萌古屋、制造学。其实，二手货，废物利用看上去也是很美好的。老社区、旧房子、古家具……二手生活在很多人看来，可能因为历史有了沧桑感，至于它们背后的故事，不得而知，却也能生发出一种想象力来。

学者徐学江说，应正式重新评价陈独秀。陈独秀、瞿秋白、张闻天，这样的知识分子遭遇到一群独裁者，自然不会有好下场。现在要回归历史，重新评价，是好事，可是，那些坏人坏事也被揭露了出来，一些人总是觉得自己伟光正，无法正视自己的错误和教训，这才是悲剧。

2011 年 7 月 11 日　插画展 · 西西弗书店

《三流生活周刊》这个月尝试下把内容做得更实在一些，因此花的精力也多了一些，其实，一直在努力，在质量和数量上都有所提升，甚至于原创的稿子内容也增加不少。一份杂志的成功仅仅是商业上成功是不够的，同样，如果能在内容上出彩才是关键。

要看的书，要写的字不少。但现在似乎都懒了，书稿已经写了一半，也暂时歇息一下，找不到更多的动力，总是这样的，也不是很好。可以做的内容很多，有一种预感，在未来，电子书会越来越走红，那么，是不是不走寻常路，写书直接走电子书市场呢。

插画展这次做得很不错，开幕当天，现场互动氛围很好。这两天亦有朋友观画展，提出建议。事实上，还有一个更好的想法是空间再大一些，做一个成都插画联展，成都画插画作家不少，做这样的活动也很有意思的。看来只好等到明年了。

前天，去了传说中的西西弗书店，还没开业，7 月 15 日在龙湖三千里开业。西西弗早在 2005 年就在谋划进入成都。这些年不少外地的书店进入成都，比如昆明新知书城，现在经营一般化，上海的明君书店、北京的席殊书屋，都开了，先后关门，重庆的经典书城也貌似出现过一阵子，好像现在也关门了，是不适应成都的水土吗？

在家做事，总是被不经意地打断。这周，得追赶一些稿子的进度了，得把采访的内容整理了，杂七杂八的事总不可忽略掉。其实，这段时间太懒，以至于把许多事情堆积在一起，才会动手做下去。如此说来，人生最大的悲剧，就是无法正确认识自己的控制力。

2011 年 7 月 20 日　大家都有病

7 月 16 日，诗人、地产评论集马嘶在成都举行盛大的新书发布会暨诗歌朗诵会，八十位全国各地的诗人到场，盛况空前。这在成都，也是难得的一次风雅诗会。

重庆诗人宋尾、刘东灵也来了，虽然跟他们在网上很熟悉，但还没见上一面，不想这几天在家独力带小朋友，夜晚自然无法带着出没酒吧，只好期待以后再相见。

小区里的人现在几乎都毛了，才入住一年，物管做得很差劲，小偷经常光顾，还有人干脆开了公司，电梯里倒垃圾，自行车、电动车随意进电梯，凡此等等，都会时不时出现，而且物管费是 1.6 元 / 平方米，吓死人的服务。

今天，有人起草一个给物管的公告，要其公布去年的经费使用情况，改善物管状况，如果不改进的话，就不交物管费了。其实，服务的好的话，物管费也不会无缘无故的拖欠的吧。如果大家都不尽心尽力，小区也会越来越差的。

有段时间，朋友通过邮局寄来的信件，统统收不到，原来物管只代收快递，其他的一概不收，只好对朋友说，邮寄千万要留个手机号码，即使送不到，也好知道邮件到哪里去了。

某天，《舍客》杂志发来十多件杂志，我让物管代收一下，晚上回家就搬回家了，物管居然说，我们帮你看着，你是不是请大家吃根烟啥的，惹得我都无语了，不是不给他们好处，而是服务根本就没做到家，他们还是觉得自己的要求是理所当然呢。

前两天，作家聂作平在微博上写了成都最牛的听证代表胡丽天，看了新闻，又查了百度，才知道这人不简单，成都那么多的人口居然很少有人去参加听证会（十年十九次），而且是逢涨价基本上就赞同涨价。这样的代表不如说是涨价支持者更为合适。

说起来，公共服务成本价格上涨，随着物价上涨，似乎也不可避免的，但也总得有个度，比如要考虑大多数人的生活水准，一味的涨价，真是没道理的事，看新闻，才知道胡丽天居然把参加听证会当成了乐趣，甚至说事业了，成都的听证会还居然有“四大金刚”，这是什么事儿呀。

进入伏天，天热了。喝点茶，自然难以入眠，实在是有点百无聊赖的夏夜。虽然平时喝茶的状态还是很多，像这样的失眠也偶然会遇到，是自己抵抗茶的能力减弱了，还是对茶的敏感度增强了。这想法让自己找不到答案。

朱德庸说，大家都有病。

太浮躁了，深刻一点的东西都难以看下去了。不是因为夏天，也不是因为没有时间，你有没有这样的感觉呢？我常常问自己。

有时候醒来，不想看书，冥想。然后再上网溜达，不是看风景，倒是时常一些晚睡的人在讨论这样那样的问题，爆料很少，励志类的微博减少，满眼望过去，觉得世界真好。

2011年7月24日　阅读历史在于细节

昨天下午睡觉时，脖子酸痛，原计划今天一早去送仙桥淘旧书，也只好不去了。

《舍客》杂志8月刊正在紧锣密鼓地做着，稿件、内容都需要有所提升，其实，一本杂志不在于起点有多高，只要每期有所进步就好。

这几天似乎轻松了一些，其实是很忙碌的，各种事交织在一起，小孩子转学过来，自然是一件大事，花费时间，每天做一些日常练习，比如写字，比如作文，需理清叙述的逻辑，至少看上去可以弥补语言交流的不足。比如运动，在老家时，虽然有体育课，涉及的体育运动不过篮球、跑步而已。在成都，要快速融入群体中，还是需要多才多艺的。

昨天早上，电闪雷鸣，搞得很恐怖，以为会下雨下个一整天，结果很快就放晴了，原本夏天的雨是不值得那么多的期待，它是变化多端的。

大暑。《月令七十二候集解》："六月中……暑，热也，就热之中分为大小，月初为小，月中为大，今则热气犹大也。"民间有饮伏茶，晒伏姜，烧伏香等习俗。

俗话说"小暑不算热，大暑三伏天"。老家在过这一天，早已没有什么仪式了，也就普通一天而已，横躺在日历上。二十四节气，对许多人来说，可能都是陌生的事情，毕竟上班下班，跟这个关系不大。

上班的早上、晚上六七点钟，从交大立交桥延伸到金牛立交桥，都是车子，原来可以悠闲散步的绿道，电动车来往穿梭，时不时需提防下被撞伤。也许有一天，成都会变成"成堵"的。

在成都，时常是一大早就有老头老太太坐公交车去购物，去参加免费活动，上班族即便是精神不济，待在座位上，也要让座给他们，不让座似乎怎么都说不过去的。

民国时的成都，或者 1949 年以后，开初的几年，民风还是好的，后来就变得越来越物质化，更多的是利益考量，缺乏了人情味。不仅是成都，国内的城市大都有这样一个异化的过程。

读一段历史：1936 年，黄仁宇先生在天津南开大学入电机工程系。毕业后先在长沙《抗战日报》工作，后来入成都中央军校。军校十六期毕业后，黄仁宇先生任了陆军十四师排长及代理连长。

这时，黄仁宇的同学中有作家田汉之子田海男和政治家居正之子居浩然。成都中央军校的前身是黄埔军校，而它的全称应该是中央陆军军官学校成都分校，地址为北较场。而黄仁宇所在的第一总队于 1938 年 10 月入校，驻成都南较场，计 1597 名，1940 年 12 月毕业。查找黄仁宇关于成都的记录，似不是很多。

阅读历史，在于迷雾重重中探索出真相，而这真相又依赖于资料的丰富，互证。不过，历史也是当下史，如果稍微做一些详细的记录，后人可能更容易发现历史的轨迹，演变的过程，否则，只有宏大叙事，缺少了细节，通史的做法固然好，但抵挡不了细节的力量。

2011 年 7 月 26 日　到深圳去

今天晚点出发，到深圳去。参加《舍客》杂志的改版活动，另外，去深圳，还是要见不少朋友。从他们那里，获得不少信息，同时，也玩得开心，有书有友有酒，不管在哪里都是开心的吧。

不是去围观大运会，对这个没多大的兴趣。

这次要见王国华兄，虽然在网络上认识好多年了，但还一直没见过，有段时间我说去长春，他说来成都，因为机缘总是不那么凑巧，就没见上，似乎是为了客观公正，我们在第三方——深圳相见。

国华兄最近出版了随笔集《中年奴》，这是他的最新一部随笔集子。评论看了不少，反响很好。70 后一代作家也开始在逐渐发力了，在以往的评论中，70 后常常是被掩盖或忽略的一群。

《舍客》杂志 8 月刊即将出版，有些稿件还没及时到位，这次来，得督促一下，其实，做杂志更喜欢一个开放的空间，不拘束，无压力，这是不大可能的，关键是我们对杂志的理解和定位趋同的太少，以至于我们经常见到这样那样的分歧。

深圳的大排档去过一些，也跟钟二毛兄、卓越兄一起喝过早茶，尽管感觉到深圳的节奏很快，但在做杂志这块，是需要沉淀的，慢慢地发酵，如果做一个快速消费的杂志也成，但那是没有成就感的，相对于流行读物，还是愿意看能留下来的杂志一些。

对深圳的印象说起来还算不错，每次来，都有些匆忙，逛逛深圳书城，还只是在尚书吧消费了几次，想来，都觉得现在淘书，在深圳似乎欠缺一个旧书的场地（也有旧天堂书店），希望有时间去看看一些读书人的书房。

有时候，我们需要一种思想。现在手头上的事有好几件要处理，差不多到一个月了，才算恢复正常的工作状态，离开一个地方，很受伤的情绪是有的——有时候出来工作，固然心怀天下，也未必有人认同你的理念，不是战国，这是世俗的时代，缺乏奇迹。

在深圳，也没怎么出门游玩，上次去一个市区的公园，跟前同事一起爬爬山，晒晒太阳，然后就回来了，对各种景点一直不大感冒，倒不如在书店中巡游——这看上去多少有些迂腐吧。

欢乐谷，我家旁边就有一个，在深圳，倒是在那周围看了看，上次是跟秦巴子老师去看的。那次，喝酒都不少，几乎要醉倒了，也没怎么好好的聊天，更不要说游玩了。有时，我们就这样生活着。

每次出门，都带几册书，以备不时之需，其实，完全没必要这样做，毕竟各地都有书店，但遇到不满意的书，如何读下去，还是一个疑问。从这个意义上看，多少说明自己有点固执，以至于如此执著于自己带书上路了。

说是好好吃吃、玩玩，但都没有成这样子，也许是自己太过于疏懒，总觉得在路上跑来跑去的麻烦。在深圳，这次待的时间久一些，感慨也就多了些。

这次要在深圳待几天，嗯，也许该自在的到各处去看看了。比如去惠州，去见见诗人朋友，总的来说，使这次的旅程更为丰满才是关键的。每次出行，都是充满了期待。

2011 年 8 月 3 日　深圳生活

关于深圳，记得以前朱映晓（那时候还在叫朱碧）的时候，写了个专栏，叫深圳细节，后来收录在名叫《不可理喻》的书里，如果对照着阅读，查证，是否也可以看出历史的变迁呢。虽然只是七八年前的事情。我没带那本书，也就无从对照。

诗人安石榴在前几年也出了一册书:《我的深圳地理》，只是零星地看到一些篇章，没有读到全貌，也就不知道写了哪些地方。记得两三年前，曾策划一套书，叫我的城市地理，选取几个有意思的城市，每个人书写一个，也很好玩，可惜这个计划无疾而终。

在招编辑，很多时候是不理想的。首先考虑的是编辑的信息源问题，其次自己的兴趣爱好，比如玩微博、博客，而诸如QQ、论坛什么的就更不用说了，我是说，如果多懂得一些获取信息的渠道的话，或许工作起来会更轻松一些。

大概在明天返回成都，很着急。这边的事处理的差不多了，成都的事情又堆积了起来，想想，人就是不停地赶路，寻找一种方向，这样下来，可能是不大好玩的。是否会考虑换下工作环境，还没想好，先这样吧。其实很多时候是看机遇，但内心的焦虑感来自于生活压力吧。

每天差不多7点左右才回住处，正好太阳隐去，夜晚来临，没怎么去体验深圳的夜生活，无他，年纪老大，在夜场混，也不是很值得夸耀的事情吧。还是回去看看书，做点正经事为好。

《秋缘斋书事》，尽管是表面上看，有些波澜不惊，其文字间却蕴藏着些许宝藏，需要有心人走进去，少了一点探险，却多了一重丰富的意境，而这正是书话的最好的表达。这是在《秋缘斋书事四编》封底上的话。

来深圳，不能不去的两大书吧：物质生活吧、尚书吧，见的书友就更多了，每次都有取经之感，毕竟这里的节奏快，资讯也发达嘛。

现在当家长压力很大，虽然不一定能给国家培养人才，多少也要使他不至于成为坏蛋，做事负责任，敢作敢当，足矣。

昨天见了艺术家戈尔巴乔通，他曾担任《音乐天堂》的主编。而乐评人胡思客则是老主编，在他带来的一册杂志上看到胡思客的老照片，那时候，他还真像个文艺青年。

最近几年，谈论民国的书很多，陈丹青说是民国范儿，其实，民国有趣。如果杂志做这样的一个内容，不知道该呈现出怎样的姿态，但都是乐意看到的，从文化、思想上谈，还有余世存的《非常道》，都记录了那样一个有趣的时代。

不期速成，日拱一卒。冉云飞的名言。好吧，既然这是常识稀缺的年代，就让我们做普及常识的人吧。

见了诗人阿翔，聊天，聊诗歌，在深圳这个城市还是聚集了不少的诗人，见到的也有好几位，诗人所展现的不是诗歌本身，还应当包括诗意的生活。尽管奢侈，但还是有诗人在坚持、奉献，难得。

见作家许石林，在微博上多有交流，第一次见（也见到了王国华兄），交流读书、传统，在深圳这个城市，尽管节奏很快，却也有不少有意思的人物，他们的生活，可以说让深圳立体起来了。

2011 年 8 月 7 日　小事记：功夫汤与书与小说

华侨城公园广场上的老房子餐馆，人少，菜丰富。吃饭喝茶聊天都很好，不吵闹。有时候吃饭，安静一下，也是一种享受。对装修风格还是蛮挑剔的人，大概看到这里的环境也是有些喜欢的吧。吃饭，有时候在乎的只是那一种氛围。

开吃，服务员拿来杯子，我还奇怪，我们喝啤酒，怎么上这样不像啤酒杯的杯子。原来是汤杯，旁边的壶自然不是盛酒，也不盛茶水的，这当然不是川菜的吃法了。小戴同学说，这是功夫汤。呵呵，成都人的汤没这样的精致，不过，这几年成都吃饭也时常遇到粤菜，那一种精致和氛围是川菜所没有的。

喜欢逛的成都书店有：弘文书局、求知书社、时间简史大书坊、读好书书店、今日阅读书店、淘书斋，另外，磨子桥的云驭风书店本月底结业，以后有时间去看一下。

昨天晚上说早点休息，备战明天一早的淘旧书。曾写有成都的旧书摊一稿，是这几年的淘书记事，有点历险的味道，好书总是很容易被读书人看上的，如果不及早下手的话。

一早醒来，已经 8 点过了。看来去送仙桥淘书不成，即便去到，怕是也淘不了什么好书的，只有期待改天。这样的遗憾太多了，有时淘书还是随兴，机缘到了，自然会遇到中意的书。

钟叔河在《开卷》杂志上撰文纪念戴文葆，写有一首小诗：人生如寄死如归，事本寻常不足悲。记得当年寻小说，为君一哭到坟堆。

时下还有多少作家在写这样的旧体诗呢。即便是新诗写的不伦不类的多矣。其实更多的则是打油诗，说是打油，也缺乏意境和意味，读来味同嚼蜡，大概是时常有的感觉了。

论小开本，钟叔河说，自己的散文若能印成小开本，一只手可以久拿，卧读就比较方便看，当然装订还得讲究，无论翻开哪一页，都要能伏伏贴贴，不要一松手就自动合拢来。如果读时得一直使劲按住书页，指头儿告了消乏，读书之乐便真的只能“何处寻”，寻也寻不到了。

摘微博：兰楚说，读朱晓剑兄的爱情小说《双城记》，通篇故事，男女主角连手尖都没碰过，通篇读下来，却让人心神荡漾。这爱情，清淡，和品菜一样。吃主儿有言“食无定味，适口都珍”，各人口味不同，就有人喜欢清淡的。清淡的菜肴，助味、去腻，柔嫩而又腴润，鲜着呢。不好意思，馋人，谈爱情，又联想到吃上了。

摘微博：兰楚说，朱晓剑的小说《小马过河》一章也看完了，朴实，生活中的朴实。好久不看小说，自以为那是别人的故事，我是故事之外的冷静看客，不必掺和。其实，红尘中滚了这么多年，一身土一身泥，谁能说爬起来，拍拍屁股，浑身就没有汗腥味了？

摘微博：兰楚说，夜读朱晓剑的小说《爱情忘记了》，“讲这些话的时候，脸上一直荡漾着阳光般的笑，看着他，我的鼻子竟有点酸楚”，细腻，让人微微心动。有人喜欢荒郊僻野夜读《聊斋》，找的是意境，那么夜读标准好熟男的爱情小说，寻的是心境。周遭安静时想想，哦，原来从不曾丢弃情、爱、欲，及世上的种种宏大与微小。

2011 年 8 月 9 日　小事记：史海一瓢水

小子作文没有章法，错别字亦有不少。想起《民国模范作文》、《民国小学生日记》，是否能救今天的学生于水火。恐怕很难，原因在于现在都白话文了，哪儿还有古意或古雅的呢，更为要命的是作文不懂装懂，大概写出来的只能是四不像，看了让人不爽。

每天记事差不多都是流水账，似乎可记的东西不多，更不要说引人思想了。当年自己也不是这样来的。其实，现在的父母颇苦，总担心孩子在以后的人生路上缺乏竞争力，所以事事要做好、做强，如此才能增强抗风险的能力。

如果是在乡村，学得不好，大可以在家种地，好歹还有个一亩三分地可以耕作。现在的孩子能有多少还有这样的理想？首先是物质丰富了，再追求精神，但现实的残酷让很多人纷纷中枪、倒地。

哲学家贺麟出国留学时，张荫麟以“埋头学问，少写肤浅的文章发表”相劝勉，痛切地说：“没有学问的人，到处都要受人轻视的。”现在则是没有钱的人是很容易被人轻视的，至于学问嘛，还是别谈的好。

周有光说，文化三变：中国文化自 1949 年以来经历的三次变革，依次是转轨、沉沦、复兴。1949 到 1965 年，不要儒学，不要西学，全盘苏化，这叫转轨；1966 年到 1976 年，打倒一切，不要儒学，不要西学，丢掉了苏学。毁灭文物，鄙视礼仪，学校关门，经济破产，文化沉沦；1977 年到现在，又一次解放。拨乱反正，结束封闭，进入世界。引进科技，欢迎外资。大学重开，文化复兴。

固然今人时常感叹，在民国时期，时局维艰，西南联大、浙江大学等高校依据西南，却创造了一个个奇迹，今天条件优渥，却难以产出大师。这背后恐怕是有文化基因的问题，亦与时代学风相关，今天的过度物化可能导致了这一结局。

古希腊名医希波克拉底的《誓言》："我愿尽我所能与判断力所能及，无论至于何处，遇男遇女，贵人及奴婢，我之惟一目的在为病家谋幸福。"这个时代，亦需这种精神了。

1927年，张元济遭绑票，关了六昼夜。绑匪见他衣有破洞，很意外，调查后才知不是富翁，他们说："实出误会，惟事已如此，总望酌量补助……"起先要二十万，减至两万，后来主动降到一万元，并用汽车把张元济送回家中。

上次，跟许石林兄、王国华兄交流，他们说，在古代，知识分子的作用很大，代表了一个时代的风气和方向，并且知识分子都敢于直言，哪怕冒着杀头的危险。原本知识分子就是预备拿来被杀头的，警醒社会。奴颜媚骨的固然有之，但到底不是主流。

梁漱溟有对联曰：情可无言喻，文期后世知。

2011年8月18日　买书是件体力活

昨天晚上，去欢乐谷看书，遭遇瓢泼大雨，回来已经快10点了。小区门口成一片汪洋，河道里，河水汹涌，只好绕路回家。北三环路一段外侧辅道旁边的水沟被垃圾物堵上了，才这样的吧。

这条水沟一到夏天，恶臭非常，有关部门该整治一下了。

今天，西南书城重装开业。2005年那时候，我在《新书报》做图书编辑，没少去那儿找书、买书，方便。买书，也基本上是拿上就走，只要不是破损，不是缺页的，都懒得去看内容如何，那时，买书也豪情。

乱买书的结果是，家里的书数量增多，专业性不强，你看像冉云飞，有自己的专题和喜好，把自己的专业和写作也结合起来了，多好。像龚明德老师那样，研究版本学，也足够好了。如此乱买书，花的是冤枉银子，到底成不了藏书家（家里总是窄窄浅浅的，藏不了多少书）。

最近收到的几个订单，都是少一两册书，现在好书是很容易被人发现的，在微博上时常遇见好书，生怕下手晚了，无法早一点读到。这样的心境跟在书店淘书类似，所以能上网就网上购，逛书店，遇见好书，也是不容错过的。

有人说，书如果不是那么贵，书店又何至于关门？一个穷人买不起书的民族，养料滋养了谁？其实更多的是没有图书消费的习惯，相对于实用主义来说，读书确实很奢侈，买书更是不靠谱的事。

善待每一家书店，至少是它们在给一座城市提供养料，昨天，得知成都的十年老店印象大书房关门了。这十年，基本上见证了一家家书店的生生死死。这家书店在春熙路开店，与图书馆合作，几年下来，没有往前走，一直在走下坡路的。

7 月 21 日，云驭风磨子桥总店发短信说，本月底终止营业，书店开了三年，成都最近几年关门的书店还有豆瓣书店、求知书社红星路店。

印象大书房关门了。尽管觉得很遗憾，从此，住在玉林小区的人即便是走过那里，想进去翻一翻书都成为空想了，买书更是不可能的了。但身处都市中，繁杂的人事，来往的车辆，又有多少人会驻足、打望。

现实世界并不是那个童话王国，关于书店的故事还有很多值得书写，只是这时节我们总会被利益蒙蔽了眼睛，只看见一面，看不到长远的未来。

书店的消失，固然可叹，是不是书店的运营也该考虑更现代一些，与日常生活接轨？如果仅仅是只想着卖书，却忽略掉现代商业的需求，大约也是会走向失败。

人文书店是一座城市的地标，它们的存在，彰显的不仅是文化底蕴，也是城市生活方式之一种。

买书，是件体力活，需要去淘，去发现，更需要把它们不远千里万里背回家，它们看上去毫不起眼，比不上各种玩意，带给人的却是一种享受。

如果我们可以优雅一点生活，是否会这样的呢？有什么理由阻止我们去阅读？想象不出。但在现实中，总会有各种借口妨碍阅读。

2011 年 8 月 22 日 《金瓶梅》与《梅花三弄》

前段时间，电影版《金瓶梅》，有个朋友发了个链接，让电脑中毒了，没看成。后来下了个绘本版的《金瓶梅》。小说版的《金瓶梅》没读过，倒是隔三差五在一些文章中见过，自然是零星的片段。

但芭蕾舞剧《金瓶梅》下个月要在成都上演了。成都人很包容，对这剧目似乎没有意见的多。但《金瓶梅》是否会如预期那样掀起波澜，还是未知数。

第一次见到编剧柏邦妮，记得以前看了不少她的专栏，那还是好几年前的事情了，最近几年看的娱乐类的东西少了。是不是我们的娱乐生活变得肤浅了，可观的东西不多？

导演王媛媛说，明年推出新节目，是《山海经》，那又是怎么样的场景？不妨想象一下。

王媛媛说,《金瓶梅》是一部只和有教养之人分享的作品。年轻舞者们跳的也不是爱情故事,他们演绎的是激情和野心、阴谋诡计和欲望。

还好,有人提问柏邦妮,讨论身体出轨和心灵出轨的问题。她说,身体出轨可以忍受,心灵出轨万万不可。大概很多人都是这样想的。关于潘金莲,时下的观点是,她是个敢于承认自己的女性。

昨天下午,跟几个朋友去参加《金瓶梅》的首演发布会,见了主创人员,却没有什么具体的交流。不知道作品会怎么样?泛泛而谈,是不大好的习惯,因此,打住。

现在才知道成都为何离不开麻将、茶馆,在一些高级的场所,依然少不了机麻,不知道成都有没有没有机麻的会所。想来,不是成都人太享受打麻将的过程,而是在这样的环境中,不自觉地学会了吧。

上周五,在红星路35号旁边的仙草宓参加《梅花三弄》的不同版本的分享会。一群人边听不同的古琴曲,边闲聊,居然也有二三十号人参加,好友石鸣是主讲者。

听古琴固然不错,但如果没有一个相宜的环境,听来听去,也就听不出一个所以然。听古琴,听的是一个心情,一个兴致。

现在的琴人多是借古琴获得另外的东西,少了点心境,多了些功利,说成谋生的手段也无不可,哪儿是像古人那样,几个人弹弹琴,聊聊天,蛮好,没有功利心,倒是能弹得疏淡、宁静,现在则是急躁中的仿生。

一曲《流水》倒也让人开怀。我想,自己是容易感动的人,因为一点小幸福,这有时候可能失之于肤浅,但在这个浮躁的时代,如能有一个好的心境,不随波逐流,也是不错的生活了。

我们总是习惯向往得不到的生活，总是觉得自身的生活要多糟糕有多糟糕，不是因为环境有多糟，而是我们的心局限于某一个空间，无法打开，仰望窗外的风景。

2011 年 8 月 25 日　在中年的路上大踏步行走

一大早，就到“天涯读书”版去，删除广告。其实，现在社区版主差不多等于是广告删除人员了。大量的广告涌入，让人不胜讨厌，以至于想正儿八经看几篇东西都没了心境。

本周末，毓秀苑将举行第四届读书节，说自己玩儿也无不可，但这样的活动还是值得赞扬的。像书店，是不是也可以做下这类活动，与其说是读书节，不如说是大家趁着过节，做一些交流活动，也更为好玩一些，除了买书卖书大家还有共同语言的嘛。

终于把上网本换成了台式电脑。但装系统的时候，做得很差，以至于很多内容是缺失的，这样一来，就需要花时间把它们一一填补上来，比如声卡正常，却无法听到声音，耳机可以用的。今天得折腾一下了。

前几天，小区的保洁说，有人在楼梯间里拉屎。自行车经常在电梯里进入，你怒目而视，人家视而不见，你又不好说别个。这才想起，自行车丢在车库已经大半年了，却很少去骑，偶尔去看下，还在。

小区要向开发商讨要违约金，当时跟开发商签的合同上注明，只要房产证发放的晚于交房时间一年的，就赔付违约金，但现在开发商无疑不想赔付的，算下来，一户至少两三千的，算下来，几百户，也是不小的开支了。开发商做事不地道，也是时常会遇到的吧。

每天窝在家里写字，天热，能不出门就不出门了。每天也写不多少字，全花在查找相关资料了，虽然自家的书没有图书馆那么的丰富，说是小型图书馆也不差，至少可以用的资料可以不需要跑外面去找寻。

读书的步子慢了下来。或者说，整天的时间都耗费在其他地方了。家里有时候有一点吵闹，就无法读书、写字，原来计划的书房，随着人口的增加，也没啦。客厅就用书柜装饰起来，也不需要更多的装饰品了，原来想着是能顶到屋顶的书柜，那得定制，还没找到定制的地方。

这才想起来，这个月的两期电子杂志还没出来，得，这几天得做出来了，要不，就拖延到下个月了，下个月还有下个月的事情的嘛。

自从动漫公司出来以后，在家已经闲居快两个月了，也没少做事，也没少活动，夏天就过去了，是不是该多出来走走呢？原来计划去昆明的，都说了几个月了，还没成行，看来又要往后拖了。

前几天，周重林兄到成都，一起吃饭，他还在笑话，哎呀，我都到成都来两次了，你们还没到昆明呀，再不过来，我第三次都杀过来了。

话说那天喝的哈尔滨啤酒，几个人，也没怎么喝，下午居然无精打采的。坐在书店里，坐在晚上的饭桌上。

晚上，正准备撤回家的时候，朱小黑说，今天搞一场家宴。到场的有大象、小白，搞的很小众。喝酒也没精神，照成都市领导的话说就是不在状态。朱小黑说，多为你准备了几瓶呢。后来，以酒醒酒，才算恢复点精气神。

有时间，在成都写写喝酒的人和事，仔细想来，亲身经历的，也蛮为丰富的了，每次都有插曲，都有高潮，不自觉就容易喝高，似乎也说明自己还是青年的状态，还没成为王国华兄所说的中年奴，尽管已经在中年的路上大踏步行走了。

家里小孩子一多，难免争吵，难免打架，打过就完了，也不多去管。其实，看他们争吵，似乎很凶猛，女儿生气了举起什么就要打，但实际上全是吓唬的成分。

有天，我说弟弟的不是，说了几句话就拿侄儿做比较，女儿很生气，这有什么可比的啊，他是我亲弟弟。这话也被我后来拿出来说，你看，你说他是亲弟弟，怎么老是跟他争吵呢。

遇到这事，吵吵闹闹，差不多一天就没做什么事情了。是不是每个家庭都是这样的？以前的大户人家（人口多）是不是也是这样的生活？如果在老家，我们家族也差不多几十口人了。哎呀，很多年没聚在一起，原因自然是在外地的人多，难得有时间和机会聚在一起。

现在很少有什么成就感。原因不是望见别人有多少成就而嫉妒，而是更多的时候，时间混混就一天过完了，难得有那么一种精神把事情做得更多更好——总归是懒散的人。

2011 年 8 月 29 日　不停地追问，以探求历史的真相

开学季。昨天去拿了缴费单，然后就要办理入学手续了。这就意味着接下来就清闲了，只是老家的教育和这边的是否能完美对接，还是未知数。对现在的教育机制虽然我们无可奈何，却也可以尽力使它好一点的，以身作则，让小孩子多做一点事，加强点人文教育吧。

前天，张阿泉说，现在大家拼命学外语，岂知连中国的传统文化也没学会。汉语学好看似简单，却很困难，原因在于它变化万千， 一样的词语在不同的时间段，不同的语气下会呈现出不同的样貌，即便是好词，在不同的语境下，变化也很大。

龚明德老师说，我们现在说读书人清高，这是好词，原因在于清，清贫，大家很容易做到，但高就很难做到了，比如对当权者不阿谀奉承可以，但不说假话，我们做不到。连敢讲真话的巴金也没做到。他说，读书人要远离是非之地，守好自己的一亩三分地，就成。

巴金轶事：他出了新书，稿酬多少不问，必凑个整数，捐出去。这凑的整数是家人给的。

现在的家长大多很忧虑，一是现在的教育机制给孩子灌输的东西不是常识，连正确的是非观都没了。大家以为一些人如专家说的话，就可以代替了真理。想起来，没有这些的民族只能是悲剧不断上演的民族，所以看不到历史的进步。

我们不停地追问，以探求历史的真相。

终于赶在月末，把电子杂志《三流生活周刊》编辑出来了，其实，很多时候，只是自己疏懒了，总觉得没时间做这些事，倒是把不少时间浪费在虚无缥缈的事情上。总的来说，这可不大美妙，但似乎又无可奈何的吧。

2011 年 8 月 31 日　八月小记

反复无常的天气，一时凉快，一时炎热，搞得人都没脾气了。夜里，居然连风都难以遇到，其实，这样的秋天，是很不爽的。又无可奈何，天气的好坏，我们都得照样生活下去。

买了册《说戏讲茶唱门歌》，江南旧事里的小民风流。我们的许多故事原本滋味丰满，一拘谨，就不大好玩了。

给小子买了《丰子恺儿童文学全集》（套装共七册）。喜爱丰子恺的自然乐意入手一套，现在的儿童文学似乎难以讨孩子的欢心了，不是故事不美好，而是现在选择的余地太多，如何吸引他们，唯有创意和故事。

龚军辉兄所在的出版社推出了一套“青辣椒”丛书，针对儿童文学，现在陆续看了一些，觉得内容上还需要下一些功夫才好。看看国外的类似作品和国内的差异，就会发现点什么，其实，不是儿童文学不好看，而是没有找到其途径和策略吧。

小子报名。明天即将去新学校读书，中午在学校的食堂就餐，每月伙食费一百四十元，这下就轻松得多了，至少不必每天跑来跑去，午餐解决了，也好。不知道在成都多久能适应成都的环境和氛围。

张玉法先生曾任台湾中央研究院近代史研究所研究员、所长，辛亥革命是张玉法先生近代史研究的起点，而《清季的立宪团体》与《清季的革命团体》则是他在这一研究领域最重要的两部专书。

清季推动宪政，以立宪团体为主要机关。当时热心推动立宪的领袖人物，无不以组织团体为进行之方。清季革命，始于甲午战争前后，由孙中山倡始。庚子以后，各派革命势力兴起，终汇成革命洪流。各派人士推动革命，无不以组织团体为进行之方法。两者交叉，互为犄角。

8月将近，完成速朽文字若干。自从离职以来，基本上过的是读书、写字、喝茶、玩乐的生活，简单倒是简单了，不想见的人可以不见。整日混居在微博上，俨然微博控，到底有多好玩，其实不知道的。

小区前天又有小偷出入，有人抱怨租房的问题，以及小区开公司的问题。其实，当年谁还没租过房呢？当年租房的日子窘迫，到处找价格适宜的地方，搬家好多次，遇见这样那样的人，总的来说有些故事吧。但这样的抱怨，不会停止，无非是寻找一种心理安慰罢了。

2011年9月3日　原来，一千万也如此近

博客点击越来越接近一千万了。也没有多少成就感，前面还有二十四位千万博主呢，成都的就有两三位，不过多少也是高兴的事，从建博客到现在，你看，还没落伍到哪儿去。以后，这当是一个平台，展现不同的内容。

前几天，见了老同事孙邦彦。他说，千万的浏览量还是不错的，可以喝酒祝贺一下嘛。

说来，写博客这么多年，被关掉的博文不是很多，也许是很注意写博客的技巧，更为重要的是把自己想表达的意思通过不同的方式表达出来，但这也很难得了。以后，当比现在更优秀才好。

先后在一些网站开了博客，后来坚持下来的就两三个，有的还不是经常更新，懒惰，网络尽管很发达，不同的人群玩的地方也有差异，多建一些博客，有利于抓住更多的网友嘛。

在新浪博客也开了一个，时常会比这边更新一些内容。有时候，还是觉得不同的博客分工很好，但现在的博客生活哪儿能分的很精细。要不，就定位成专业博客了呢。

成都的豆腐最近也引入准入制了，搞得都是标准化生产。小区旁边前段时间开了家豆腐店，有人买了，说不错。时常看见他们做豆腐的情形，有点脏乱，至于详细情况就不知道了。

从今年10月起，成都市的豆腐生产企业必须具备一定的规模和条件，运输、贮存、销售必须冷柜冷藏，上市销售的豆腐必须要有预包装，并印有产品标识和食品生产许可证号，不符合上述条件的豆腐一律不得进入市场。貌似这样的管理很科学，实际上难免形成某一种垄断。

今日下午2点，市川剧院将在悦来茶园上演川剧折子戏专

场。《铡侄》、《出北塞》、《踏纱帽》、《堂会三拉》四出折子戏将轮番上演，为观众呈上川剧大餐。这也好，票价二十元，就可以打发一个下午，有时间带小孩子去听听也很不错。

好久没去听川剧了。上一次，还是跟杨不易兄一起去听了一次。那也是一两年前的事情了。

2011年9月22日 惆怅，秋天的底色

9月12日，中秋节，下雨，看来，今天晚上的月亮不能升起来了。多久没注意到成都的夜色了呢。记不大清楚了。

多写一点原创的微博，其实不是为了粉丝，而是做下自己的一些记录，看看自己每天都在整一些啥子事情，似乎每天都很忙碌的样子，事实上也不是这个样子的。

中秋祝福短信一条条催过来，想不到好的回复词儿，惆怅。

在大学的时候，同学蒋红雨赶到中秋节，都要过生日，一群人吃吃喝喝，总有人喝醉，然后坐三轮车去合江亭放河灯，现在，大家在一个城市分居在各处，联系的虽然少了些，还是有时间会聚在一起的。

今年中秋节，一家子在成都团聚，喝酒，庆贺。来成都十四年了，才买房，让小孩子读好一点的学校。这些年，在城市里的生活，又有几多人理解呢，更多的时候我们只看见光鲜的一面。

9月13日，一早，又是阴雨天。秋天，天亮的也晚了一些。但每天还是早起，虽然有时是无事可做的状态。

整理了今年发的和写的跟书有关的文字，超过了八万字，看来，有机会可以出一个小书了。如果出的话，想叫《书见》，再加一个副题就好了。

9 月 13 日下午，跟摄影师张克纯、媒体人李勇在弘文书局喝茶、聊天，那里有一册《独立书店，你好！》，关于书店的爱恨情仇那篇的页码已经脱落了。

9 月 14 日早上，终于把短篇小说集《小马过河》的全稿和相关资料发给了编辑，希望能在今年看得到样书。算是这几年写小说的一点收获吧。

看一册朋友出的新书，编校质量太一般了，书中缺字的地方好几处，有时候，一些字是需要拼写出来，编辑可能疏忽了，看这样的书，似有看盗版书的想法了。

其实，给一个城市的书店做传记，还是蛮有意思的事情，新开的书店，关门的书店，都是一个城市文化的一部分。不妨将今日阅读书店作为观察的对象，有时间跟他们的领导层聊聊。

小孩子读书，有新鲜感，有压力，许多东西对他们来说，可能是新鲜的东西。也许很快会适应下来，女儿倒不必担心，只是儿子太贪玩，能把学习提上来吗？还是觉得是一个问题。

9 月 15 日正在谈事情的时候，突然停电了。真是莫名其妙的一天。

下午跟朱小黑、向总在玉林小区喝茶，随后去了洛带古镇，参观了湖广会馆和广东会馆，还好，时间早，尝了下街头小吃。

回到成都，有点晚了，坐车，晃荡，回家。这种周而复始的生活是不是有点行为艺术的味道，但我知道的是，自己的生活距离艺术很遥远的。

9 月 17 日，下雨天，安逸，真不太想出门呀。

成都很娱乐：昨日，“2011 中国城市榜——全球网民推荐的中国文化名城”评选结果出来，成都以仅次于北京的票数被评为“最中国文化名城”。这是成都继获得“中国最佳旅游城市”“中国最具幸福感城市”“民生贡献特别大奖”以及“中国民生成就典范城市最高荣誉奖”等一系列荣誉后，再次获得全球网民认可。

出门，见上海作家韦芈兄，一群人吃饭，喝酒，聊天。下午参加唐九虎兄策划的一个画展活动。

下午，参加中国魂书画精品展之后，有陈子庄的作品，还有一些小品很有意思，出来后去逛莲桂南路的旧书店，买书若干。

淘到一册旧书，《无可奈何的岁月：云南二十年杂记》，自印本，作者吴茂川，成都人，曾去云南当知青，有一部分是日记，写的也很有意思，只可惜错别字太多，如果再精细一些，应该是很好玩的书，网上查相关资料，却找不到。

这段时间的生活简化了不少，因为没有公事可忙，自己手头上的事情却不见少，挣钱、养家，原本就是这样的生活，现实的残酷也让生活多了参考。

跟向总一起做的书，还没出来，许多想法沟通了再进行，有点缓慢。自己的书还是要快点写出来，要不，可真不好给自己交代，何况以后的生活都靠这个。

9 月 18 日，2011 成都微博大会下午召开，去见见微博达人杜子建，老乡见老乡，在成都还是很常见的。以前在做杂志时，就有计划对他做一次访谈，这次刚好给新创刊的电子杂志写稿，也好。

下午，参加微博大会，讲演很精彩，其实，很多案例都差不多知道来龙去脉，但总是旁观者的心态去看，往往很难看出一些事件的真相来。

什么时候，把自己逛过的书店都写一篇短文。不管他们存在的多久，这都不是重要的，能以文字的形式来表现，就好。干脆取名《逛书店》吧。这个事得慢慢进行，同时，需相关的图像以佐证，也许是图文并茂，好玩的书。

2011年9月26日　以艺术之名的成都

9月29日，第三届成都双年展将开幕。今年，成都提出了艺术成都的概念，大概是这几年成都玩艺术的人太多，这就像美食一样，已经达到不可忽略的地步，更何况，艺术跟田园城市是有着某种天然相似的地方。

双年展上既有设计展、建筑展和艺术展，也有许多特邀的个展，活动更是不少，如果一路跑下来，也是不大可能的吧。各种各样的创意人云集，就像集会一般，又似艺术超市，说来似乎有趣，但总担心创意不足，反而抹杀了艺术的可能。

今日，本届双年展特别邀请展之“浓园成行”将在浓园B区天艺美术馆 · 一号馆隆重开幕。展览将持续到10月18日，免费向市民开放。原本想去看看，却又懒得出门，到底逛艺术展，是文艺青年居多，像我这样的业余人士，有时不外是看个热闹。

明日，2011成都双年展民间艺术展将在许燎源当代艺术馆开幕。本次展览的主题定位——“经典再塑”，共分作“活色生香、锅瓢碗盏、快活人间、纸含曙色、幻化万千”五个版块，通过对传统元素和观念的创新展示，反映不同方面的民俗，包括织造技艺、生活器具、娱乐文化、年俗文化、戏曲文化。

作为此次双年展最重头的主题展，“溪山清远：当代艺术展”将为观众呈现近一百八十件当代艺术最新力作，包括张晓刚、方力钧、王广义、岳敏君、周春芽、曾浩等在内的国内一线艺术家参展，这在规模上也可以说是空前的了。

周春芽说：“这不仅仅是一个单纯的艺术展，更像是一座城市的节日和盛会。”“通过这次双年展，全国，乃至世界的知名艺术家、策展人、批评家、艺术馆馆长都聚集在成都，这对提升成都文化形象、影响成都文化生态和艺术氛围都有非常大的促进作用。而且能通过一次主题展，带动很多相关的展览。”

成都也有个知识产权交易所，但业务做得很一般。对于知识产权，很多创作者还没有达到重视的地步。

这几年，也偶尔去参加一些艺术的活动，说起来，依然是圈外人，艺术倘若是跟着新闻看，大抵了解的也就那么回事——看来看去，也是眼拙，看不出多大的名堂。

成都的画廊、书店、酒吧差不多都有这样的文化沙龙，这或许可以解释为成都人将艺术视为日常生活的一部分，不过，这样的一种生活方式，是不是能在其他城市引起反响，却是未知的。

艺术原本就不是那么高深的事，从生活中来，又回到生活中去，不同的流派以不同的承载物出现，表现形式更是存在着极大的差异罢。不过，也正因为这样，对艺术的向往，消解了艺术中的某些特质，也因此，艺术不是还原，而是在追求创意。

2011 年 10 月 3 日　坐看小风景

假期第一天，没怎么出门。下午，约人晚上去吃饭，结果约了半天，没找见一个人，约骆中，电话居然关机了，上午还有短信发送呢；“杀手黑子”去湖南出差的路上；“大象”在家陪儿子度假；“朱珠”在回汶川，堵在茶店子公交车站从早上到下午……

跟儿子坐公交车溜达，到城区，在玉双路上，以前有一家名叫“一品”的书店，不幸关门了，唯有一家今日阅读书店还在开着，买杂志《南方人物周刊》、《三联生活周刊》。再闲逛，还是人多，只好折返回家去，在家乐福，依然人潮滚滚，花了三四十分钟时间，购物，回家。

倒是在家待了大半天，翻翻书，上下微博，看看谁谁又被堵在路上了，真是有说不出的味道。貌似这时节，大家都喜欢东奔西跑的瞎逛，堵在路上也是没辙，谁让现在的假期出行的人太多了呢。

第二天，原本想早上去逛双年展的，没去。等到下午，去宽窄巷子，人多得要命，连走路都不大能自己决定。去锦里，可能更为凶猛一些吧。到处都有人，排队。有卖棉花糖者，居然也有排队的，平时这是不待见的玩意吧。

沿着街道逛了两圈，其实，可看的就是人，卖东西的也多，倒是有一个摄影展可看，但那只是几个地方的景区的宣传片，这也是宣传上的联动，有时，做营销就是这样见缝插针，或许会收到不错的效果。

然后出来，去缘来客栈，跟如风同学汇合后，再去建筑双年展，看看风景，准备参加晚上的活动，那是一个关于创意的地方，看看是不是可以更好玩一点。但也不能有太多的期待，毕竟成都的创意在很多时候是少见的。

建筑双年展，其实之前就在夏莉莉的微博上了解不少，这次看，自然看出的名堂不少，出来，差不多7点了，晚上的活动还没开始。在二楼的一个空间，四壁跑风，坐在那里，又冷又饿，简直不是办法，等到8点过，似乎还没开始的意思，实则是无法抵挡，先撤离。

到红星路口，去红星路一段吃何氏冷锅鱼，居然那一家关门了。早在2005年吃过一次，不知道是不是这个名字，想来，这样的店在一个地方能开这么些年真是有些奇迹。果然，找了半天，没找见，搬迁了。

去双栅子街吃宜宾何氏冷锅鱼，味道尚不坏。只是做事“水”的多了。要一份小米椒，居然是刚才走的客人没吃完的，再加一点就端了上来。水杯是擦拭一下就使用的。好在没喝水，只要了几瓶啤酒。

这样的店在成都太多了，味道尚可，只是要去追究它们的细节，总有着让人不快的记忆。至于是不是美食呢？都不大好说，有时间还是待在家里吃吧，至少吃的还是令人心爽一些。

冷锅鱼，以前的是一客十块或十二块，随便吃。现在的鱼都是按斤买了，花鲢鱼头 32 元 / 斤，梭边鱼 22 元 / 斤，还要收锅底费，真是跟以前无法相比了，可见物价的上涨，连餐桌都变化了许多。

梭边鱼，20 世纪 30 年代说起，当时的四川自贡盐商徐氏以家传腌菜，辅之各种天然香料药材烹制河鱼，烹出的鱼，口感麻辣鲜香、肉质细嫩爽滑。而所烹之鱼，选自金沙江流水河鱼，无鳞独刺，此鱼秋冬喜到江边觅食，当地方言“梭边”，由此，“梭边鱼”亦成为当时千年盐都自流井边的一道江湖大菜，名震三江。

原来，梭边鱼不是鲶鱼。它又叫斑点叉尾鮰，原产于北美，自贡本地也叫做钳鱼。其肉厚无刺，皮滑肉嫩，肥美味浓，营养价值极高，具有大鲜、大补的特点。通常用来做成煲仔菜，尤适合用榨菜来焖制，以吊出其鲜味，此法烹制的钳鱼鲜美嫩滑，别有一番滋味。梭边鱼多生长于水质无污染的沙质或石砾底或流速较快的大中河流；也能进入咸淡水水域生活。可以放心食用。

10 点过从餐馆撤离，居然下起了小雨，懒得雨中行走了，坐公交车回家去。想来，这样的节日，都是这般的无趣，哪儿能找到更好玩的事情呢。坐上车忍不住遐想一下，在城市生活，这也恍然如梦了。

2011 年 10 月 5 日　假期两日记

一晃，今天就重阳节了。真快，假期已经过去了多半了。在成都多少也东游西逛地走了下，算不上真正的旅行吧。早先也有打算出去走走，可时间过得飞快，总觉得到处都是人潮人海，麻烦，只好留守成都了。

10 月 3 日，在家读书上网，收到《假装的艺术 2》和《我爱厨房》。又收到当当的订单，订的是一套开卷书坊。对朋友的书，以后还当是以买为主，毕竟这才是对朋友的大力支持。

下午，去欢乐谷玩，说是玩，倒不如说去瞎逛，小子打算去看电影《洛克王国》，人多，没看成。据说电影《辛亥革命》、《白蛇传说》都一般了。对国产电影总是需放在世界环境中看，才会看出优缺点的。

然后去迪卡依玩，买东西若干，出来，去逛书店，结果书店当天的网络无法连接，只好把书留下，过几天再去取了。买书的事总是随缘一些的好，匆匆忙忙的买，也很麻烦，总怕遇到不满意的书，拿回家也会有一种错会的意思。

回家，已近傍晚，吃饭，懒得下楼了，就卧读一册册小书，有时候是翻，小精装，小三十二开的书，收到的不少，总有几十大册的吧，如他日上架，也是洋洋大观了。没曾想，一翻就翻到夜里一两点，才开始睡觉。

双十节，又称“辛亥革命纪念日”，是为纪念 1911 年 10 月 10 日（即清宣统三年、辛亥年农历八月十九）发动武昌起义的庆典。1912 年（中华民国元年）9 月，中华民国政府将 10 月 10 日定为“国庆日”。

当天晚上，有人在微博上发消息，说车辐老先生走了。赶紧求证，原来只是小恙，去医院看看病什么的。成都的文化老人越来越少了，那一茬接民国地气的文化老人在今天看来，似乎都是一种异数。

10 月 4 日，在家整理旧书，上架。好久没往网上书店“读书公社”添加新书啦，从这个月开始，恢复正常。这个书店，做了许久，总觉得不是那么如意，其实是没有上心做的缘故。

天气放晴了，适宜出门喝茶聊天，刚好两点过，云南大学茶马古道研究所的周重林同学下午两点过到成都。约着喝茶聊天，顺带一起吃饭，每次相聚都是这样的快乐的。

下午，在壶言喝茶，听著名茶人严绍云讲茶道，很精彩。平时，我们以为自己的喝茶方式就是一种风景，看看日本的茶道，可真是觉得有些汗颜，喝茶的礼仪、文化在今天的中国，大约只有表演性质的了。

关于普洱茶的掌故，第一次听说那么多，惜乎未做相关的记录，如若记下来，也是很好玩的事情吧，普洱茶经过 2007 年的折腾，如今元气大伤，不知情的人总以为是有问题存在，实则是普洱茶的好，很多人不了解罢了。

晚上，一众人在紫荆吃饭，完了，去时代印象吃烧烤，因如风同学今天要出行，去西安，见书吃兄。晚上两三个人坐在露天的院坝里喝酒聊天，酒越喝越有滋味，不觉时间已过一点了。才始回家。

2011 年 10 月 10 日　纪念民国，历史不是任人任意打扮的小姑娘

今天是民国百年纪念。这一百多年来，回头来看，道路曲折，有网友说，今天纪念百前的那次革命，不是为了纪念某个人，或某个政党，而是为了纪念千千万万为了民主共和奋斗牺牲的那些留下了名字和没有留下名字的人，信然。

可纪念的人和事太多了，回头看也好，向前看也罢，到底，历史不是任人任意打扮的小姑娘。好像这话是胡适之先生说的。

固然历史的趋势不可阻挡，但逆流还是随时会出现的，包括张勋复辟、袁世凯称帝等等。今年关于民国的书写，很多，也很芜杂，这是好事，有助于我们看到上一个时代的是是非非。不仅如此，还能让历史照进现实，到底我们读历史不是在读过去，而是开启未来。

在纪念过去的时候，乐观者会看到一个光明的未来，悲观者可能看到的是另一个世界，其实，不管是哪一个角度去打望，历史的底色不会变，未来或许不可预期，但多少总是会值得期待的吧。

2011 年 10 月 17 日　微博淘书团

早在此前的一段时间，或许是上半年，记不清楚了。上海的“寒山书社”兄在微博上说，一定得到成都淘书，那是很愉快的事情。前两天他来到成都，在确定行程的时候，起初没有安排，但后来还是争取了淘书的时间。

在第一天的接风晚宴上，成都的读书人济济一堂，聊书，谈出版，不亦说乎。说到周末的淘书，现场好几位都说，如果时间允许，一定来淘书，然后接下来两天，不断确认淘书的人数。有七八位之多，也是够规模的淘书团了。

10 月 15 日 4：24，跟“寒山书社”兄闲聊，回家发微博一条：明天，微博淘书团首发成都的送仙桥旧书市场，现在参与人数在逐渐上升，期待更多的人参与进来。

当时，确定参加淘书的人员有：吴鸿、寒山书社、徐晓亮、杀手黑子、冉云飞、向雪刚。

16日一早醒来，5点过，想想去的话，还是很早的，就又躺下，小憩。不觉时间已是6点过了，赶紧起床杀奔旧书市场，天已微亮，买旧书的开始摆起地摊，来一卖书的，刚把电动车停下，就有些许人等拥上，大多是旧书店的买主。

“寒山书社”兄已来了大半个小时，淘书一大包，其中有木刻毛泽东之像。我也不知该淘些什么才好，又懒得跟许多人一样疯抢，干脆选了两本川剧折子戏的算了。又随便选了几册旧书，算是不虚此行。

四川师范大学龚明德教授也在人群中亮相，吴鸿兄赶到，也直接进入旧书摊中，挑选自己喜爱的书。他正在写一本书，可望在年底出版。关于书，大家可讨论的话题很多，说来，正是因为书，大家才聚到一起的。

在旧书摊巡弋，书早已被挑的七零八落，喜欢的书还是很有不少，选了七八册书。然后跟随大队人马上旧书楼，人也陆续多起来，挑来挑去，也没选出多少花样来。打算买一些跟云南有关的书，记得有家旧书摊有云南风物志，这次来，没见上，只好说是遗憾了。

好歹挑选了一册《巴金书简》(初编)，正好责任编辑是龚明德老师，封面设计和设计也都曾有一面之缘，只是这几年看多了外地的设计，就觉得成都的设计这一块还真拿不出手。

《成都掌故》是成都市群众艺术馆编的一套精装的书，现在书市上也少见，偶尔遇到也会拿下。这次仅遇到一集，还是拿下了，只是缺了书衣，记得曾在旧书店遇到过，一册都要五十元的。

对于经常来这里淘书的人来说，最大的卖点当然是最早在古玩市场外面的地摊了，而楼上的旧书摊固然有好书，但也是难得一遇。常常来这里也会觉得没多大意思，毕竟淘书，淘不到满意的书，是令人郁闷的事。

“寒山书社”兄说，成都的旧书市场虽然比不上北京的潘家园、上海的城隍庙，也算是很不错的了。广州的旧书店当然没法比，旧书价格成都要低一些。

然后找地方喝茶，在路上分享淘书的乐趣，“寒山书社”兄把淘到的一些好书，一一拿出来分享，原来他淘书的经验远远要丰富得多，自己只是玩玩而已了。到底只是玩家呢。

微博淘书团期待下次再出发。不过，这次人员并没有全部到场，所以少了几分热闹，淘书，还不是淘出一份性情，那期待，那故事，总是不能跟更多的人分享的。

2011 年 10 月 20 日　其实，不一定非要什么样的乐趣

下午，跑到新南门兰亭茶楼喝茶，聊《游一堂》电子杂志。做媒体，这些年也觉得能玩出的花样越来越少了，不是不好玩，要面对的事情是复杂的，连点兴趣也没有。电子杂志虽然做的时间不短，影响也广，但到底不是专家级别的，有时，我们的“博学”更像是一知半解。

电子杂志联接着数字出版，有好几次听周重林兄说，数字出版大有可为，特别是年轻的读者，不必藏书万卷，电脑里藏着就行。这想法让人兴奋，如果提前做这些事，或许会有一个不可预知的未来。

图书当然有消亡的那一天，千秋万代，有很多人把这样的梦想当成了现实，一直不大想有那消亡的一天存在，结果就错了。我们对书的情结或许很深，正因为这样，我们对书寄托的或许仅仅是精神诉求了。

吃饭在老厨子，有一种菜叫高山竹笋，美味。吃鱼的时候，聊起了如何捕鱼，四川的做法还接近古法，用树的须须钓

鱼、用渔网捕鱼，听上去很笨拙，要是在老家，各种办法都会有的吧。

儿子在老家也习惯捕鱼，逮螃蟹，钓龙虾，带上打火机，逮着就吃了，据说非常美味，可惜没吃过，现在，只能想象那样的一种生活了。

下雨了，秋天的雨令人不爽。儿子明天放假一天，不知道为啥，大概是因为西博会吧。这样的放假只是因为一种经济发展的需要所致的吧。

最近手头的事还不少，原来想着每天上午写字，下午出门瞎逛，找人喝茶、聊天，晚上方便的话，吃饭，如若不然一个人坐公交车晃悠悠回家，其实，不一定非要什么样的乐趣。

2011年10月28日　小事记

成都转凉，连出门的心思都懒了。在家东忙西忙的，写字，看书，说起来很清爽，不必去挤车，不必堵在路上，却似乎隔绝了这个空间。对另外一种人生来说，越来越难以享受一点闲暇了，生怕被周围的人遗忘掉了。

社会事件这几年有所增加，有许多是可以当做个案研究的，研究下当下社会的某些病症，甚至可以扩大下研究下血酬定律是如何延伸的。公民社会的发展并不是偶然的，是需要民意基础，由下至上发展也会，由上往下推行也罢，总归是有路径可以走的。

每天看着“负面”的微博，不能不说是触目惊心。丑闻的增加，说明社会出现了令人疑惑的状况，如若可解，就能看着外面的世界的美好。唯有一点一滴地改变下当下的社会状况，才会使社会在未来有所好转吧。

写成都的书稿，做得很慢，因为很多事情一梳理，就发现谈出的内容并没有多少新见解，人云亦云，总不是一件值得赞美的事。其实，对城市的观察，需要时刻保持警惕，以警醒的态度去看，或许更能看出问题的所在。

有时候，对自己不太满意，总觉得可以做得更好，实际上却不是那么回事，是眼高手低，还是自己的识见不足？不管如何，在这个时代，做个有个性、独立的人虽然很难，却也不是无路可走，这让我想起，毕竟路都是连通的。

2011 年 10 月 31 日　记陈术培

上周，在新浪微博上看原来的同事黄勇的消息说，陈术培在上海生病了，出乎意料，此前，还在成都的城管杂志《新城视》同事了短短的时间，后来就四散了。

10 月 28 日晚上 9 点，黄勇在微博上说，10 月 14 日，在上海突发脑部血管瘤出血，经手术，病情一度缓解。26 日，二次出血，目前在瑞金医院抢救，命悬一线。真是担心，按照年龄推算，他比我也大不了几岁的。

10 月 29 日 17：53 黄勇在随后的微博上写道：刚接到术培夫人小龙女电话，术培兄弟于 5 点 24 分驾鹤西去，现车已进江苏境内，试问乡关在何方？哀哉！恸哭！

陈术培先后在三峡都市报、商务早报、成都商报、天府早报、成都日报、重庆大渝网工作，今年刚满四十岁。这是第一次知道他生活的详细情况。

其实，在成都新闻江湖上，陈术培早已名传久矣。是在 2009 年 8 月 15 日，在康庄街吃饭，记得那天是一帮老“成都客”的聚会，吃完饭，又去唱歌，喝了多少酒，就不大记得了。那天到场的人开初就五六位，后来亦是有人来，有人有事离开。但那天喝酒依然痛快。

如果我没有记错的话，早在《蜀报》时就已知悉他的名号了，他那时做记者，只是那时喜欢玩文字，做校对，乐此不疲，对记者行当不大熟悉，也就错过了交往。成都的圈子很小，该遇上的终究会遇上，有遗憾也只是早晚的事情了。

再后来，就在《新城视》杂志社相遇了，那家杂志说起来很简单，也曾想做得好看一些，但后来也就越来越不像样子了，最初的激情也就变得淡漠了。那段时间，他只是开选题会来一次，平时不来办公，按时交稿，足矣。

在杂志社的事，算是来往的比较多一些，说起来，写稿这件事，不少人觉得报纸、杂志总是相类似，但岂知杂志的文字更精益求精一些，哪儿像报纸那般的粗俗呢。记得也曾有过一些交流。

但都是匆匆闲聊一些话，惜乎今已印象多模糊了。

2011 年 11 月 2 日　成都没有读书月

深圳读书月今天开幕。成都在读书这块，也有深厚的基础的，可惜没有好好挖掘，做出这样的气势，如果有民营书店做一系列的民间阅读活动也好，蛮期待这样的活动出现。少一点官方话语，多一些民间展示就好。

苏宁易购图书频道做得不大好玩，不支持货到付款，不看好他们的提供的平台，几家购书网站比较一下，京东现在自己送货，靠谱一些，卓越也不错。当当和苏宁，就差远了。

说起读书，似乎总有不少话可以说，但说来说去，也就那些话，无多少新见解。因此，还真的不是懒得说话，而是说不出新意，只好不发言了。

出门办事，路过长顺中街，顺便去逛了下求知书社，老板刚进了一批书，看了下，社科人文的少了，倒是健康、养生等实用之类的书增加不少，没买一册就走掉了。是自己对书太挑剔了，还是现在的书店也在转变？

编辑说，有篇稿子还得修改一下。呵呵，麻烦了，万圣节。其实，现在的编辑水平不高的多矣。他们只是按照自己的价值观选稿，以至于杂志的活力才会有所下降的。

昨天晚上，喝酒聊天，说到小旅行，觉得意思很大，适合做的事情很多，不必跑去太远的地方，一样体验到乐趣才是关键，比如看一个古镇、街区、角落，哪怕是一角，能得到不一样的乐趣才是最为重要的。

GoogleBuzz 准备要关闭了，在那里订阅了很多信息，给生活曾带来很多的乐趣。我们总是希望通过各种渠道获得信息，单一的渠道和方式，可能使我们走向偏见，以致跟世界潮流有点脱节。

混网络，网站被关，编辑改行的事见了不少，曾写过消失的论坛。李勇做的游一堂网站迟迟没有推出，最后也许会夭折吧。想来，社会转型时期，各种东西因为价值不大，很容易消失掉。这价值是以今天的眼光看的，所以也有局限性。

做编辑看似简单，实则不易，不细心还真容易出错。原来约的书稿，说好要准备一份协议的，结果忽略掉了，从头再补起，这看似简单，实则对双方都有个约束，也好。至少能保质保量完成，就好了。

忽然发现，周围有不少人喜欢藏书票，却不知道藏书票是何物，至于它的历史和掌故就更不清楚了，昨天还向热心这些的人，推荐了吴兴文、子安的藏书票。他们各有偏重，是历史的居多，当下的藏书票则是有《东方藏书票》杂志，不知道现在停刊没有，旧书摊上以前见到不少。

成都也曾有读书民刊《毛边书讯》，可惜试刊之后没了消息，倒是《读书人》坚持在做，主编阿年，旧书摊上有不少。曾在旧书店看到一册《漫话阿年》，扉页被撕去，想必那一页有作者的签名吧。

2011 年 11 月 14 日　庸俗时代，也要有点活法

昨天，去到龙泉驿，天气很好。中午在表哥家吃火锅，吃得痛快，小酌一杯酒。表哥来成都多年，做过好几样工作，最终在那边买房，虽然他现在拉萨工作。

吃完饭，去野外挖荠菜，又有马齿苋。原来这马齿苋，在老家名为蚂蚁菜，也经常做凉拌菜吃的，不过极少。在夏天，把它放在外面晒，总以为它会晒死过去的，到第二天依旧生机勃然，生命力强极了。

坐车回家，三环路上坐车的人少，几乎是站台上有人才会停一下，然后直接向前奔去，到家才 8 点过。东走西看了半天，然后吃晚饭，一碗粥，一个馒头，三两样小菜，也吃得很是痛快。走的有点远，有点疲倦，洗洗就睡了。

本命年的生日忽然来临了。也没觉得今年有大的变化，或者说，世事太庸俗了，以至于连自己都忽略掉了。话说，就这么一路奔来，直接向四十又迈了一步。

今年的生日会，跟家人一起过。其实，也就吃吃饭而已，也没举行特别的仪式了。有时候，过生日，无非是想把生活过得有滋味一些而已。

逛书店，逛今日阅读书店，不求他遇，只为了那一册书而已，又一杯茶，或咖啡，聊度冬日的下午。有时候，我们难得有心情去欣赏一些风景的，这也是逛书店的一种景致了。

城市空间的转换，城市的发展，人际关系也是随着城市变化的，其实，今天的城市特别是街道、宅院、商业让人际关系变

得很微妙，城市越来越大，人与人之间却越走越远，不是这个时代变坏了，而是城市空间的变迁让人与人的距离变远了。

最近在读一些跟城市文化相关的书，说是阅读，其实是想从中探寻点什么，也许会写下几行文字，说起来，现在的生活是那么的庸俗，需要一点什么来化解。不过，我们的所谓直面人生，是无法接受许多现实的。

收到蒋蓝的《复仇之书》，讲历史，讲故事，也是在讲一种观念。中国侠义精神的挖掘，虽然很多，成系统，有特色的，却很少。其实，很多时候，我们在讲的是很多人都在讲的故事，只是讲法不同罢了。

这一周事情蛮多，要采访家书店、撰稿。然后是读张爱玲，她的书当然要读，主要是要写一个专题。最近推出几种她的书装帧还都不错，边看边记点什么吧。

从6月份休闲在家，一晃都快年底了，检查一年所写的稿件，也不是很多，有位老兄，一个月写五六十篇是常事。现在多少是疏懒的，写来写去，也觉得没那么多意思，不是专业作家嘛，只是喜欢写字，以此度日罢了，只好如此安慰。

2011 年 11 月 21 日　异样的目光

周六，按计划，是要出行的，就在小区不远处的草地上，玩飞碟，又胡乱的玩去，一晃就到了晚饭的时间，只是出来的时候晚了点，连太阳都没看见，成都的冬天总是这般的，难得见到阳光。

周末，一个人待在家里，看书，写字，小子出门去玩，却迷而忘返，只好打电话，问如何归家，指点一二，快意无比，对一个城市的熟悉，在于对道路的熟稔，以及那里的店铺、人家，总有许多可以书写的地方。

昨晚 10: 39，从三官堂归来，刚好路遇 3 路车，再转 4 路车，回家，步行。小区门口的烧烤摊还有人在，酒喝得太多，以至于连东西都不想吃了。跟十年砍柴、宋石男、冉云飞喝酒聊天，快意江湖。

想做一本书，一本全部是兔年出生的人写的东西，当然是一轮轮的看下来，也有意思。不同的兔子，是有着不同的记忆和故事。有时候这样做也是好玩，但时下，似乎好玩也是越来越难得了。

表哥跟儿子说，过年你去哪儿过啊？儿子说，回（老家）去过。其实，在成都，还是没觉得老家好玩吧。平时在老家玩的游戏，在这找不到人玩儿，也就显得颇为孤独了。城市，对孩子来说，感情还不是很多的。

有天早上，儿子出门去买东西，坐电梯，下楼，很快跑回来了。因为他穿的是内衣，就那么出门去了，是不是觉得看他的目光有些异样？想想都觉得有点好笑，儿子会越来越懂事了。

2011 年 11 月 26 日　一亩三分地

在当当订的书，21 日发货，至今没有收到，干脆取消了事。有时急需的书，总是不那么容易快速看到，这样的服务大概是因为外包的缘故吧，还是有自己的服务团队才好一点，快速，及时地送书，犹如“快书包”网站吧。

昨天意外的是，小区停电，步行，下楼，22 楼，然后出来瞎逛。与其去街上走走，不如去书店看看。最后坐 137 路公交车去了凯丹广场，逛今日阅读书店，每次去都有一些收获。

在家赋闲多日了，无非过点简单的小日子。在老家有一亩三分地，可以耕种，好的话，一年也够吃喝的了。在城里，却不是这样，自己的一亩三分地在哪儿，都觉得是一个问题，刚好有网络，有点事情做，如果闲着，那可能就麻烦大了。

无根，异乡人。在很多时候，不管在城市里多么美好，还总是有夜深人静，孤独的时候，不知道身在何处，充满了身份的焦虑，很多失眠的人，是不是这样的呢。

每每在城市的边缘，新小区崛起之时，总是有些做零工的人，他们聚集在一起，找钱。虽然现在每天工资高了，但都不是固定的收入，是不是也有一些失望？但回到老家去，哪儿有在城里容易找钱。到底城市给人的还有一份梦想——至于能不能实现，那就是另外一回事了。

2011 年 11 月 28 日　修炼的不足

这个周六，打算出门旅行，这说法有点夸张，无非是沿着三环路随意溜达罢了。走到哪儿是哪儿，大不了不想走了，再坐公交车回家完事。徒步，当然，不是为了看城市风景。

在读《成都街巷志》，比如乡土记忆的稿，还是很有意思的，可惜想看的人多，写的少，对一些学者来说，做这样的小事，几近雕虫小技，是没多大价值的。

周六下午，出来，玩羽毛球、飞碟。刚好四个人，分为两组玩。差不多每周都要来一场这样的家庭活动，也是增进家庭的氛围。想来，许多美好的回忆不正是这样的结果嘛。下周打算顺着三环路徒步，溜达。

很多时候，都是因为太懒了，以至于读书作文，都懒得去做，经受不了外面世界的喧闹，以及诱惑，不是这个世界太精彩，而是自己修炼不足。

我们习惯以经济、模式等方式来思考当下，经济学、成本是测量这个时代的主要要素。但如果我们都成了经济动物，是否生活还会那么的有趣，是一个疑问。

2011 年 12 月 3 日　成都变成了“成堵”

最近，空气质量越来越受到关注，成都的廖新兄每天在微博上关注成都的空气质量检测，检测地点的增减，成都的空气质量也在下降。也许，城市越来越不适宜人居了，既有食品，又有空气，有各种危害呢。如果连呼吸也不能够，那一定是一个悲剧社会了。

现在差不多是漫游族，昨天在茶楼，跟几个家伙喝茶聊天，说现在成都很多单位是 6 点下班。印象中是 5 点半，一时有点恍惚，是不是自己记错了，是远离职场有一段时间了。

跟书店人士闲聊，他们说，现在卖得最好的书，基本上称得上坏书的多。相反，被叫好的书，反而销的不是很好。也许以后的书店可以按口味划分了。

昨天晚上，从天府立交桥，坐 137 路公交车回家，太堵，到茶店子公交站，花去了一个多小时。如果不堵的话，三四十分钟就到了。成都变成了“成堵”。

对城市的热爱，所以看到它的缺点才会批评，如果不在意，那可能就不必理会那些不美好的事。但对地方政府来说，这却有点“添乱”的嫌疑。这不是立场的差异，而是对权力的不同界定所致。

2011 年 12 月 6 日　好书 365

连着两天吃火锅，一次在外面吃，人多，热闹。一次在家里，自己做的，也热闹，随便来一点酒，黄酒最好，暖胃。冬天差不多就是这个样子的，吃吃喝喝，温暖而又简单，很轻易就过去了。

刘师亮当年在成都做了本不定期出版的《师亮随刊》，写得一手泼辣诙谐好文章，讥弹时政，讽刺当权，为成都文坛一怪杰，深受市民钦佩，而不为“五四”新文学运动所接纳。做杂志，能自得其乐也是很好的。

做一个图书的出版方案，梳理了过半的资料。原来大家都是趣味相投的爱书家。其实也可以自由组合成不同的书的内容，比如谈周作人、丰子恺、梁实秋、胡适、鲁迅。很多时候，我们只是谈论一些表象，无法深入进去探讨一点什么。也许正因为这样，文字才显得速朽吧。

计划接下来做一个 2011 年度好书 365，即 365 册好书。这样的做法基本上能把满意的书一网打尽了。还在找钱，如果可以的话，就做一些纸质书吧，但这事是要慢慢做的，急不得。也在争取更多的朋友推荐一些好书。

2011 年 12 月 8 日　不合时宜的人

看来最近的房子确实不好卖，接二连三的收到卖房短信。也许对一些开发商来说，冬天来了。不过，房地产发展到今天，问题也确实不少，如果不解决，早晚要出大问题的。就像现在的许多社会事件，如果没有个积极的方案处理，也会很令人恼火。

在家待了几天，几乎没下楼，吃喝拉撒，全能在家解决了。不仅如此，跟世界都有些隔绝了的感觉，不是不“入世”，而是总觉得这个时代，距离自己的理想很遥远。总是有那么一些人，是无法适应社会的。也不妨称之为不合时宜的人。

这个时代，被称之为宜居的城市，基本上是不再宜居。这也不是稀奇的事，到底是人们追求物质的速度太快，丧失的东西太多了，以至于没有了理想。如果说信仰的话，那是拜物教一类的吧。

原来说的做旅游电子杂志的事，还在缓慢的推进，网站设计还没最后完成。大概等明年春暖花开吧。其实是有一些想法，有一些资源，没有好好整合起来，所以看上去散漫的多，有时不免会追问这意义到底何在。

昨天上午，闲着没事泡一杯咖啡，谁知道到了夜里，无论如何也睡不着，折腾个来去，也不是心里有什么事，差不多到两三点才睡觉吧。不知几时竟然变化成了这样，让人有些郁闷。

2011 年 12 月 22 日　冬至节

春节要来了，各种活动也就多了起来，无非是吃吃饭聊聊天，聊明年的一些东西吧。想来，都觉得有点靠谱，在家闲居了半年，也养成了一些好习惯：如果可能就不操心去上班的事情了。

这几天一直在忙着一套名为“读书风景文丛”的书的推出，时间有点赶，从说这事到现在不过一个多月的时间吧。好在明年上半年能见到成果，这也是很欣喜的事情。

今年的春节在成都待着，去年是回的老家过年，想来，还是有点感慨，每次遭遇春运，基本上都不是愉快的经历，每每回忆起来，都会有许多的感想，到底我们在春运中追求的是什么呢?

冬至，在北方是要吃饺子的，在成都，基本上是羊肉汤，现在吃羊肉汤的盛况大概越来越少了，无非是可以选择的地方增多，也就无所谓专门去吃一次羊肉汤了。

2011 年 12 月 31 日　2011——这样的度过去啦

工作上，上半年在家动漫公司做宣传，不想发生人事动荡，干脆走了算了。听说动漫公司也基本上没啥希望做起来了。下半年闲着，看看书，写写字，不算优哉游哉，倒也不必每天往华阳跑了。

这一年，去长沙一次，参加熬吧阅读年会；去深圳一次，参加《舍客》杂志的出版，迄今，杂志迟迟没有出来；去昆明一次，去玩去谈事情，关系到明年的收成；去内江一次，参加赓政的新书发布会。差不多远行的就这些，大部分时间宅在成都。

继续写稿，有文字继续被翻译成俄文，在《中国诗人》、《艺术市场》的杂志上也发了点文字，不满意的多，即兴写作。

短篇小说集《小马过河》原来是想在春节前或者说 2011 年出来，年底了才完成一校。差不多二三月份完成的吧。有一部书稿，写了一半，懒得写了，还没写完，有兴趣再写吧。

这一年参加的活动不少，张典婉的新书发布会、白纸黑字活动、杜子建讲座、成都旧书业座谈会，有的活动有意思，不仅在于内容，还在于形式。

今年的购书量没有上千册，费的银子不少，有的是因为写字的需求而订购的。对待书的感情有点复杂，有时真不知道该说点什么才好了。

网上书店开的不咸不淡，其实是没多少心思去管理了，懒散，不仅如此，还惹上点麻烦——有的读者说是买书，其实是瞎整，斤斤计较，不仅如此，做事也差了点。

天涯博客访问量上千万了。原来以为这很夸张，当超越千万之后，觉得很正常。有时候，这虚拟的网络也带来了朋友，享受网络好的一方面，也许更为要紧一些。

11 月底，奶奶去世，没能赶回家，因为去了昆明。奶奶 88 岁了，原本说是做个庆贺的活动，谁知在年中生病、住院，不能动手术，那种痛苦自然是不可言说，打电话回去，总是时好时坏。本来还想做一些关于村庄历史的访谈，成了永远的遗憾。

由此想起了许多旧事，比如对老人的采访，回忆家族的历史，虽然那并不是重要的事，但对家族而言，或许是最好的记录。有时候人活在世界上，不是追求能活得更久一点，能穿越时空嘛。

下半年，家人移居成都，读书。后面的路还很长，以前相处的时间短，但这相处的艺术，还是得慢慢地学。一不小心小孩子都快上初中了，以后慢慢长大，做父母的角色，也许可回味的东西，就是这童年和青年了。

本命年，不好不坏的一年，总的来说，虽然国家形势不好，个人还在努力着，老婆孩子还没有饿饭罢了。这样也算是过了一年，还是该感谢生活。

后　记

昨天，参加一场诗人的聚会，我跟大家交流的观点有点另类：其一，许多诗人写了多少年的诗歌，却不知道什么是诗；其二，在众声喧哗的时代，诗人应该发出自己的声音。其实，诗歌如此，阅读、生活何尝不是这样的呢。

关于阅读，固然会有因人而异的阅读观，但对我来说，这基本上是生活的一部分，无他，每天的工作除了淘书、阅读、写稿之外，没有更多的兴趣爱好，不过，诸如饮酒、喝茶之类的事当然也不会少。在外人看来这有一种悠闲自在，却不知道这个过程中有些许焦虑，比如写稿是不是都能得到编辑的垂爱，作为一个个体户来说，这可关系到生活的品质——没有好的生活保障，怎么能够把生活过好呢。

简单生活，也曾向往过。那种简单，是厚积薄发，是一种生活的深度，并非肤浅的简单，在这一点上，可能也存在着许多的误读——有时候，我们做生活的减法只是应对它的复杂。坦率地说，最近几年的种种生活观察，确也发现了很多有意味的东西：我们对生活要求太多了，反之我们为生活做得太少了，以至于我们总会梦想着一夕之间成为百万富翁，买彩票啦炒股票啦，凡此等等，却忘记了那财富应该是努力争取的，而不是靠天上掉馅饼。

也正因如此，我们在日常生活中总会重视生活品质，但更多的时候是强调物化的一面，这当然不错，但仅仅如此还是不够的。在我的词典里，所谓生活品质应该跟有趣、营养相关联，因此，看看每个人的心灵映象或许我们就明白他所过的是怎样的一种人生。

对物的关注是一种思维方式。阅读又何尝不是？但在时下的聚会中，我们时常会听见有人说："最近半年没读书了。"在为生活奔忙的过程中，可能阅读的时间减少，但我想的可能是，阅读只是因为不是我们生活中的必需品，所以可有可无。

那么，我们的精神就显得有点贫乏了。在现代人刻意找回最自然、平实生活的今天，或许已遗忘了认真生活的那份"初心"。在《微阅读》中所呈现的，我想就是探求一种自然、平实的可能，但那不是刻意的、假装的，尽管有一本书叫《假装的艺术》，教给我们假装的生活，可能我们会忘记，生活不是假装来的。

也许，作为生活的旁观者，会发现生活的真相——那是没有秘密可言的地方，一切会以赤裸裸的状态呈现出来。

2012年7月8日早上

本色文丛

本色文丛是我社策划的系列图书，持续组稿编辑出版。丛书力图给喜欢品味散文随笔、全民阅读与图书文化、名人日记与学术札记、海外文化的人士，提供良书与逸品。

本色文丛·图书文化

《书香，也醉人》	朱永新著	29.00元
《纸老，书未黄》	徐　雁著	29.00元
《近楼，书更香》	彭国梁著	29.00元
《书香，少年时》	孙卫卫著	29.00元
《阅读，与经典同行》	王余光著	29.00元
《域外，好书谭》	郭英剑著	29.00元
《谈笑有鸿儒》	刘申宁著	29.00元
《斯文在兹》	吴　晞著	32.00元

《淘书·品书》	侯　军著	32.00元
《西风·瘦马》	沈东子著	32.00元
《书人·书事》	姚峥华著	28.00元
《文学赏心录》	杨　义著	30.00元
《文学哲思录》	杨　义著	30.00元
《闲人，书生活》	胡野秋著	即将出版

本色文丛·散文随笔（柳鸣九主编）

《往事新编》	许渊冲著	29.00元
《信步闲庭》	叶廷芳著	29.00元
《岁月几缕丝》	刘再复著	29.00元
《子在川上》	柳鸣九著	29.00元
《榆斋弦音》	张　玲著	29.00元
《飞光暗度》	高　莽著	29.00元
《奇异的音乐》	屠　岸著	29.00元
《长河流月去无声》	蓝英年著	29.00元
《青灯有味忆儿时》	王春瑜著	28.00元

《神圣的沉静》	刘心武著	30.00元
《纸上风雅》	李国文著	30.00元
《母亲的针线活》	何西来著	28.00元
《坐看云起时》	邵燕祥著	28.00元
《花之语》	肖复兴著	30.00元
《花朝月夕》	谢　冕著	28.00元
《无用是本心》	潘向黎著	28.00元

本色文丛·日记（于晓明主编）

《读博日记》	张洪兴著	31.00元
《问学日记》	王先霈著	26.00元
《文坛风云录》	胡世宗著	29.00元
《原本是书生》	于晓明著	32.00元
《紫骝斋日记》	马　斯著	31.00元
《梦里潮音》	鲁枢元著	31.00元
《行旅纪闻》	凌鼎年著	35.00元
《微阅读》	朱晓剑著	35.00元

《从神州到世界》	张　炯著	35.00元
《丹青寄语》	崔自默著	35.00元
《文坛边上》	吴昕孺著	35.00元
《书事快心录》	自　牧著	35.00元

本色文丛·海外文化

《半岛之半：居韩一年散记》	许　结著	30.00元
《西行漫笔：一个远足者的异国寻觅》	王兰仲著	29.00元
《哈佛周记》（暂名）	郭英剑著	即将出版